Angela Waidmann
wurde 1965 am Niederrhein geboren und studierte Vor- und Frühgeschichte und Volkskunde. Seit 1992 arbeitet sie als freie Historikerin und Journalistin, u. a. für verschiedene Pferdezeitschriften und als Buchautorin. Sie reitet seit ihrem 13. Lebensjahr und besitzt eine Haflingerstute. Angela Waidmann lebt heute mit ihrem Mann und ihrem Sohn in Unterfranken.

Nina und Nori

Angela Waidmann

SOS
Pferde in Not

Schneider Buch

Bibliografische Information Der Deutschen Bibliothek
Die Deutsche Bibliothek verzeichnet diese Publikation in der Deutschen Nationalbibliografie; detaillierte bibliografische Daten sind im Internet über http://dnb.ddb.de abrufbar.

Dieses Buch wurde auf umweltfreundlich hergestelltem Papier gedruckt.

Der Schneider Verlag im Internet:
http://www.schneiderbuch.de

Titelbild: Ulrike Heyne
Herstellung/Satz: FIBO Lichtsatz GmbH, Unterhaching
Schrift: 11' Bembo
Druck: Clausen & Bosse, Leck
Bindung: Conzella Urban Meister, München-Dornach
ISBN 3-505-11593-2

03 04 / 12 11 10 9 8 7 6 5 4 3 2 1

Für Guido

Schneeballschlacht im Garten

He, du Langschläferin! Aufgewacht!"

Was sollte das denn? War das etwa die Stimme von meiner Freundin Pia? Brummend drehte ich mich auf den Bauch und zog das Kissen über meinen Kopf. Aber warum war es plötzlich so kalt? Ärgerlich fingerte ich nach meiner Decke ... nichts. Vorsichtig schob ich das Kissen zur Seite und blinzelte in das schummerige Licht meines halbdunklen Zimmers.

Tatsächlich, da stand Pia, grinste breit und hielt meine schöne warme Decke in den Armen. Ich wusste nicht, ob ich wütend werden oder lachen sollte.

„Was machst du denn hier – so früh am Samstagmorgen?", knurrte ich und rieb mir die Augen.

Pia lachte. „Früh ist gut. Es ist schon halb neun. Schau mal raus, dann weißt du, warum ich dich aus dem Schlaf gerissen habe."

Grummelnd kroch ich aus dem Bett und stolperte zu dem kleinen Fenster meiner Räuberhöhle. So hatte ich gleich nach unserem Umzug mein neues Zimmer getauft, weil es darin sogar bei strahlendem Sonnenschein noch schummerig dunkel war. Im Vorbeigehen zog ich Pia meine Decke aus der Hand und legte sie mir um die Schultern. Als ich am Fenster stand, machte ich große Augen. Draußen lag tatsächlich Schnee!

„Das gibt's doch nicht!", rief ich. „Wir haben doch erst Anfang Oktober."

„Eben", erklärte Pia. „Lange wird er sicher nicht liegen bleiben. Wenn wir nicht sofort eine Schneeballschlacht machen, wird garantiert nichts mehr draus. Also los, zieh dich an!"

„Okay, okay, schon gut", murmelte ich. Doch langsam wurde auch meine gute Laune wach. Schnell schälte ich mich aus dem Schlafanzug und schlüpfte in meine Klamotten. Schnee im Oktober – das war doch mal was anderes. In Duisburg, wo wir bis letzten Juni gewohnt hatten, waren wir schon froh gewesen, wenn wir ein einziges Mal mitten im tiefsten Winter einen Schneemann bauen konnten. Aber hier waren wir eben nicht im Ruhrgebiet, sondern in Hirschau bei Berchtesgaden, und das lag tausend Meter hoch mitten in den oberbayerischen Alpen.

Ich stürmte hinter Pia her die Treppe hinunter und auf die Straße. Im Vorbeilaufen erhaschte ich ein Grinsen von meinem Vater, der zusammen mit meiner Mutter am Frühstückstisch saß. Doch da waren wir schon draußen, und ich ließ mich in unserem kleinen Garten in den Schnee fallen.

„Oh Mensch, superklasse!", lachte ich glücklich.

Klatsch! Schon hatte ich den ersten Schneeball im Gesicht.

„Na warte!", brüllte ich und startete zum Gegenangriff. Wir tobten so lange herum, bis ich einen Hustenanfall bekam. Keuchend hockte ich auf dem Boden.

Pia sah mich besorgt an. „Hört das denn gar nicht mehr auf?"

„So was kann dauern, sagt der Arzt", krächzte ich. Gerade hatte ich die schlimmste Erkältung meines Lebens überstanden. Beinahe hätte sie sich sogar zu einer Lungenentzündung ausgewachsen. Aber die war mir zum Glück doch erspart geblieben.

Leider war ich nicht ganz unschuldig an der Misere. Vor drei Wochen sollte nämlich mein Lieblingspferd Nori von seinem Eigentümer, dem Alois Bertl, auf dem Pferdemarkt verkauft werden. Und falls Nori dort keinen neuen Besitzer gefunden hätte, wäre er beim Schlachter gelandet! Verzweifelt war ich in der Nacht vor dem Pferdemarkt mit Nori in die Berge geflohen. Dort hatte uns ein heftiger Schneesturm überrascht. Ich hatte ja nicht gewusst, dass sich am gleichen Abend mein Vater mit der Reittherapeutin Friederike Kleinert zusammengetan hatte, um Nori zu retten ... Erst am nächsten Morgen, als Papa mich völlig durchgefroren auf der Bertlhof-Alm fand, hatte ich von ihrem Plan erfahren. Jetzt wohnte Nori in Bischofsfelden bei Frau Kleinert im Stall, wurde von ihr eingeritten und sollte später für sie als Therapiepferd arbeiten. Und das Beste war: Er gehörte jetzt mir!

Pia half mir beim Aufstehen, und gemeinsam gingen wir ins Haus. Wir zogen die nassen Kleider aus und hängten sie im Bad über die Heizung. Ich lieh Pia meinen Trainingsanzug, und dann setzten wir uns an den Frühstückstisch. Mama hatte schon heißen Kakao für uns gemacht.

Wir frühstückten ausgiebig und gemütlich. Anschließend zogen wir unsere Reitsachen an und machten uns auf den Weg zum Bus nach Bischofsfelden. Um elf wollte ich bei Nori sein. Und Pia würde zu unserem Reitstall Mandlhof gehen, wo sie zwei Vollblüter als Pflegepferde hatte.

Wie immer um diese Zeit stand das Tor von Friederike Kleinerts Hof weit offen. Ich lief gleich in den Stall. Nori wieherte zur Begrüßung und streckte mir seinen hübschen Kopf entgegen. „Hallo, mein Schatz“, sagte ich und streichelte über seine breite Stirn. Dann gab ich ihm die Möhren, die ich vorhin aus der Küche stibitzt hatte. Lächelnd betrachtete ich ihn, wie er krachend die Rüben zerkaute. Jetzt kannte ich ihn schon so viele Monate, und immer noch konnte ich mich an ihm nicht satt sehen. Er war für mich einfach das schönste und außergewöhnlichste Pferd, das ich je gesehen hatte.

Noris Mutter war eine Haflingerstute gewesen, und tatsächlich sah er beinahe aus wie ein etwas zu groß geratener Haflinger. Doch von seinem Vater, einem tigerscheckigen Noriker Kaltbluthengst, hatte er viele schwarze Flecken auf seinem fuchsfarbenen Fell geerbt. Sein Züchter, der alte Bertlhof-Bauer, hatte Nori nicht kastrieren lassen, und so war mein Liebling bis heute ein besonders muskulöser Hengst geblieben.

„Schade, dass er keiner Rasse angehört, sonst hätte man ihn bestimmt zur Zucht zugelassen“, hatte Friederike gesagt, als sie ihn sich nach dem Kauf zum ersten Mal genau angesehen hatte. Doch mir war es egal, ob Nori ein Rassepferd war oder nicht – ich hatte ihn einfach lieb. Ein ungeduldiges Schnauben riss mich aus meinen Gedanken. Nebenan trat ein Pferd mit seinem Huf gegen die Stallwand.

„Schon gut, ihr kriegt ja auch ein Leckerchen!“, sagte ich und ging langsam an den Boxen entlang, verteilte Möhren und streichelte Pferdenüstern. Rechts neben Nori stand sein neuer Freund, der geduldige Haflingerwallach Nepomuk. Er war Friederikes bestes Therapiepferd. In der nächsten Box war das Welshpony Distelfink untergebracht, das den Kindern von Kleinerts Nachbarn gehörte. Und links von Nori wohnte das braune Warmblut Morgentau. Der Wallach war etwas Besonderes, fand ich. Friederike war nämlich bis zu ihrer ersten Schwangerschaft vor acht Jahren eine bekannte Turnierreiterin gewesen und hatte mit Morgentau ihre größten Erfolge gehabt. Inzwischen war er schon ein richtiger Opa von fünfundzwanzig Jahren, aber immer noch fit wie ein Turnschuh. Er sah auch gar nicht aus wie ein

Pferdegreis. Man musste schon ganz genau hinsehen, bis man ein paar weiße Härchen auf seinem sonst gleichmäßig braunen Kopf entdeckte, oder seinen leicht eingesunkenen Rücken bemerkte. Morgentau wurde sogar noch geritten. „Er braucht das, sonst wird er kreuzunglücklich und steif obendrein“, hatte Friederike erklärt. Und so setzte sie die Erfahrung des alten Herrn bei ihren Therapiestunden ein. Außerdem ging sie noch hier und da gemütlich mit ihm ins Gelände. Ich bewunderte den Wallach und hatte große Achtung vor Friederike. Wer schaffte es schon, ein Pferd trotz seines anstrengenden Lebens im Sport so lange fit und gesund zu erhalten? Viele Turnierpferde waren ja schon mit dreizehn, vierzehn Jahren völlig fertig. „Wenn man seinen vierbeinigen Partner rücksichtsvoll und mit den nötigen Kenntnissen auf Turnieren einsetzt, muss das wirklich nicht sein“, hatte Friederike gesagt und dann seufzend hinzugefügt: „Aber vielen Reitern geht es ja nur um den schnellen Erfolg und nicht um ihre Pferde.“

Jetzt hatte ich alle Mohrrüben verteilt. Ich ging zu Noris Box zurück, legte ihm sein Halfter an, führte ihn aus dem Stall und band ihn auf dem Hof an. Dann mistete ich schnell seine Box aus und holte anschließend seinen Putzkasten aus der Sattelkammer.

Wie immer stand Nori beim Striegeln ganz still und genoss es, von mir massiert zu werden. Er war ja auch ein gut erzogenes und braves Pferd. Bisher hatte es mir so gut wie keine Probleme gemacht, dass er ein Hengst war. Auch mit Kleinerts Wallachen gab es keine Schwierigkeiten. Nachdem die vier ihre neue Rangordnung ausgefochten hatten, kam Nori ganz selbstverständlich mit ihnen in den Auslauf. Nach wie vor war Morgentau der Chef der kleinen Herde. Als sein Stellvertreter fungierte der energische kleine Distelfink, dann kam Nori, und der gutmütige Nepomuk bildete das Schlusslicht.

Ich kratzte gerade Noris Hufe aus, als Friederikes Kinder aus dem Haus stürzten. Jubelnd warfen sich die drei in den langsam schmelzenden Schnee. Ihre Mutter begrüßte mich fröhlich. Dann holte sie Noris Trense, einen Longiergurt und die Longe aus der Sattelkammer.

„Komm, Dicker, jetzt wird gearbeitet“, sagte ich und führte ihn hinter Friederike her auf den kleinen Reitplatz.

Etwa zwanzig Minuten lief Nori an der Longe – im Schritt, im Trab und im Galopp, auf der rechten und auf der linken Hand. Friederike ermutigte ihn immer wieder, sich zu lockern und nach vorwärts-abwärts zu strecken. Nori machte die Arbeit sichtlich Spaß – kein Wunder, denn Friederike lobte ihn oft, strafte selten und gab sich alle Mühe, ihn nicht zu überfordern. Manchmal fand ich, dass sie sogar ein bisschen zu vorsichtig mit ihm war. Aber das sagte ich ihr natürlich nicht. Nori war zwar mein Pferd, aber ich hatte gerade mal zwei Jahre Erfahrung im Sattel, während Friederike schon Pferde bis zur Dressur Klasse S ausgebildet hatte.

Jetzt ließ Friederike Nori zu sich in die Mitte kommen und gab ihm ein Leckerli. Dann drehte sie sich zu mir um und winkte mich zu sich heran.

Gespannt lief ich in die Reitbahn. In den letzten Tagen hatte ich mich am Ende der Longenstunde immer vorsichtig auf Noris Rücken aufgestützt. Steif und mit gespitzten Ohren hatte er dann dagestanden, aber gewehrt hatte er sich nie. Mal sehen, was heute auf dem Programm stand.

Ich blieb neben meinem Schatz stehen.

„Dann setz dich mal auf ihn drauf", sagte Friederike, als sei es das Selbstverständlichste auf der Welt.

Mit offenem Mund sah ich sie an. Nori reiten? Ich??

Bisher hatte ich immer geglaubt, Friederike würde das übernehmen.

„Keine Angst, ich glaube nicht, dass er Probleme macht", meinte sie aufmunternd. Dann bückte sie sich, packte mein linkes Bein, und ehe ich mich versah, saß ich schon auf Noris Rücken.

Er stand ganz still da, nur seine Ohren spielten. Mein Herz klopfte bis zum Hals.

„Hoooo!", machte Frau Kleinert mit betont tiefer Stimme und streichelte ihm über den kräftigen Hals.

Ich wagte kaum zu atmen. Doch dann spürte ich, wie sich Noris Muskeln ein wenig entspannten. Schüchtern klopfte ich ihm den Hals. Nori seufzte und senkte zufrieden den Kopf.

„Na also", sagte Frau Kleinert leise. „Brav, alter Junge!" Dann schnalzte sie mit der Zunge. Gehorsam setzte sich mein Pferd in Bewegung. Ganz vorsichtig ging er, und er schwankte dabei, als würde der Boden unter ihm wackeln. Oh je, was machte er bloß? Hilflos sah ich Frederike an.

„Er weiß noch nicht so recht, wie er mit deinem Gewicht auf dem Rücken die Balance halten soll“, erklärte sie. „Das ist anfangs bei allen jungen Pferden so.“ Sie führte uns eine Runde über den Reitplatz. Langsam verschwand das unsichere Gefühl und machte einer riesengroßen Freude Platz. Ich ritt meinen Nori! Ich saß wirklich und wahrhaftig auf seinem Rücken, und er trug mich so brav, als hätte er nie etwas anderes getan! Am liebsten hätte ich gesungen vor Freude. Aber das war wohl im Moment nicht so angebracht.

Friederike führte uns in die Mitte des Reitplatzes und blieb dort stehen. „Na?“, fragte sie strahlend.

„Absolut Klasse“, erwiderte ich strahlend. Vorsichtig glitt ich von Noris Rücken und umarmte ihn überschwänglich.

Friederike gab ihm ein Leckerli. Nori grunzte zufrieden und kaute knirschend.

„Machen wir das morgen wieder?“, fragte ich schnell.

„Klar, aber nur kurz. Und dann jedes Mal ein bisschen länger. Du wirst dich wundern, wie er sich dann entwickelt. Bald können wir zusammen ausreiten – natürlich nicht zu lange und ausschließlich im Schritt“, fügte sie hinzu, als sie mein erstauntes Gesicht sah.

Ich trenste Nori ab, kratzte ihm noch einmal die Hufe aus und brachte ihn zurück in den Stall. „Auf Wiedersehen, mein Schatz", sagte ich leise und streichelte ihn zum Abschied. Pfeifend ging ich in Richtung Bushaltestelle. Heute würde mir garantiert nichts die gute Laune verderben können. Dachte ich zumindest.

Dabei wartete jetzt erst mal der unerfreuliche Teil des Tages auf mich. Seit einer Woche ging ich in meiner neuen Heimat aufs Gymnasium – durch meine Grippe leider zwei Wochen später als meine Mitschüler. Ich war nie eine schlechte Schülerin gewesen, in Duisburg hatte ich meistens Zweier und Dreier auf dem Zeugnis gehabt. Und zum Glück schien ich auch hier in den meisten Fächern gut mithalten zu können. Nur in Latein gab es wirklich Probleme. Unser Lehrer in Duisburg war eher der lockere Typ gewesen und hatte uns oft spannende Geschichten von Caesar und Cleopatra erzählt, statt mit uns Vokabeln und Grammatik zu üben. Der neue Pauker war das genaue Gegenteil – anspruchsvoll und gnadenlos. Die ganze Klasse stöhnte unter seiner Schreckensherrschaft. Aber während die anderen schon seit Jahren unter seiner Knute schwitzten und mehr oder weniger all das gelernt hatten, was er ihnen aufgebürdet hatte, hinkte ich jetzt in einem Riesenabstand hinterher. Latein abwählen durfte man auf dem Gymnasium leider nicht. Und Pia konnte mir auch nicht helfen. Sie hatte überhaupt kein Gefühl für Fremdsprachen, kämpfte seit Jahren mit wechselndem Erfolg gegen Fünfen in Latein und Englisch und war ständig vom Sitzenbleiben bedroht. Bisher hatte sie es immer noch gerade so geschafft, in die nächste Klasse aufzusteigen.

Also blieb mir nichts anderes übrig, als das Zeug alleine nachzuholen. Ich wollte meine Eltern nicht ausgerechnet jetzt enttäuschen, wo sie gerade ihr letztes Geld zusammengekratzt hatten, um Nori vor dem Schlachter zu retten. Darum hatte ich mir für heute Nachmittag vorgenommen, mich zwei Stunden lang hinter die Schulbücher zu klemmen. Danach wollte ich zum Mandlhof fahren. Dort trafen sich nämlich fast jeden Nachmittag um fünf ein paar Leute aus meiner Clique, um gemeinsam Brotzeit zu machen. Wenigstens ab und zu wollte ich auch dabei sein.

Normalerweise hätte mich schon der Gedanke an zwei Stunden Lernen mit Schrecken erfüllt. Aber heute war ich so glücklich über meinen ersten Ritt auf Noris Rücken, dass mich nicht mal das stressen konnte.

Erleichtert sah ich auf die Uhr. Endlich! Die zwei Stunden waren rum. Jetzt noch schnell ein Stück Kuchen mit meinen Eltern essen und dann ab zum Mandlhof!

Die beiden saßen vor dem Fernseher, als ich mit einem Becher Kakao in der Hand ins Wohnzimmer kam. Mama lächelte mir zu und lud ein Stück selbst gebackenen Marmorkuchen auf meinen Teller.

„Jetzt kommt eine Folge der ‚Naturstunde'", sagte Papa. „Das müsste dich doch interessieren. Es geht ... warte mal ... ach Gott, um Schlachtpferde-Transporte."

Da hatte die Sendung schon angefangen. Bereits bei den ersten Bildern blieb mir der Kuchen im Halse stecken. Ich sah Pferde, die zu dutzenden bei brütender Hitze eingezwängt in einem Laster standen und vor Angst oder Durst laut wieherten. Einige ihrer Artgenossen lagen zwischen ihren Hufen auf dem schwankenden Boden und wurden regelrecht zertrampelt. Ich sah ausgemergelte Pferde, mit Wunden übersät, die eine Laderampe hinuntergezerrt wurden. Manche waren zu schwach für den Weitertransport. Sie wurden einfach irgendwo festgebunden und ohne Wasser stehen gelassen.

„Etwa 100 000 Pferde werden pro Jahr auf diese Weise quer durch Europa transportiert", sagte die Moderatorin. „Die meisten Transporte gehen von Polen aus nach Italien und Frankreich. Es gibt zwar Schutzvorschriften für die Schlachttiere, doch die sind ungenügend und werden oft nicht befolgt. Deutschland, das die Einhaltung dieser Regeln einigermaßen streng kontrolliert, wird meistens umfahren. Die Dauer dieser Qualtransporte liegt zwischen zwei und fünf Tagen. Diese lange Zeit müssen die Tiere ohne Wasser und ohne Futter durchstehen. Selten stehen dabei mehr als 65 cm Platz für ein

Pferd zur Verfügung. An die Versorgung der Wunden, die in dieser Enge entstehen, ist gar nicht zu denken. Kein Wunder, dass am Ziel meistens mehrere Tiere verendet sind oder im Sterben liegen."

Ich spürte, wie mir die Tränen in die Augen traten. Wie konnten Menschen bloß so etwas tun! War es ihnen egal, dass sie empfindsame Wesen quälten?

„Tierschutzverbände fordern seit langem bei der EG das Verbot von Lebendvieh-Transporten über weite Strecken oder wenigstens bessere Schutzvorschriften", fuhr die Stimme im Fernsehen fort. „Um ihren Forderungen Nachdruck zu verleihen, haben sich einige Tierschutzverbände zusammengeschlossen und sammeln Unterschriften. Wir bitten Sie: Unterschreiben Sie, werben Sie bei Ihren Freunden und Bekannten um Hilfe, damit das Leid der Tiere endlich ein Ende hat."

Dann erschienen auf dem Bildschirm die Adressen der Verbände, bei denen man sich Informationsmaterial und Unterschriftenlisten besorgen konnte. Daneben war der Kopf eines Pferdes zu sehen. Es war das Gesicht eines Haflingers, dessen Augen vor Angst und Schmerzen weit aufgerissen waren. Er trug einen weißen Stern auf der Stirn, und auf der Nase hatte er eine kleine Schnippe. Er sah fast aus wie Nori.

Dann brach kreischend die Werbung für einen Schokoladenriegel über uns herein. Die „Naturstunde" war zu Ende. Papa schaltete den Fernseher aus.

Mama seufzte. „Als der Nori zum Schlachter sollte, habe ich tatsächlich geglaubt, das sei das Schlimmste, was einem Pferd passieren könnte. Da war ich ja ganz schön naiv!"

„Dass es solche Transporte gibt, wusste ich. Aber dass sie mit solcher Brutalität durchgeführt werden, hätte ich nie gedacht", brummte mein Vater. „Bisher habe ich immer geglaubt, wir Bürger der EG seien zivilisierte Menschen." Er sah richtig wütend aus.

Ich war immer noch geschockt von den Bildern und konnte keinen klaren Gedanken fassen.

Da stand meine Mutter auf. „Möchtest du noch zur Brotzeit auf den Mandlhof fahren?", fragte sie.

Erschrocken sah ich sie an. Das hatte ich vollkommen vergessen.

„Es ist jetzt zwanzig vor fünf", sagte meine Mutter. „Wenn du in fünf Minuten den Bus bekommst, bist du noch fast pünktlich dort." Sie hielt mir ein silbernes Päckchen vor die Nase. „Den Marmorkuchen habe ich dir für deine Freunde eingepackt", meinte sie. „Hier isst den ja doch niemand mehr."

„Danke", sagte ich, nahm das Paket, zog meinen Anorak und die Stiefel an und rannte zum Bus. Als ich mich auf die Rückbank fallen ließ, kamen mir die Tränen.

„Mensch, was ist denn mit dir los?", fragte Gregor, als ich die Leiter zum Heuboden des Mandlhofes hinaufgeklettert war.

„Das könnte ich euch genauso fragen", brummte

ich und wischte mir über die Augen. Pia und Gregor knieten neben Valentine, die leise vor sich hin weinte.

„Hast du auch die ‚Naturstunde' gesehen?", fragte Pia. Sie war ganz blass.

Ich nickte nur und legte meinen Marmorkuchen neben die Käsebrötchen, die Äpfel und die Limonadenflaschen, die unbeachtet auf einem Strohballen lagen.

„Das darf doch nicht sein. Was sind das bloß für Verbrecher!", schluchzte Valentine.

„Wir müssen unbedingt was dagegen tun", meinte Gregor entschlossen.

„Die Sprecherin im Fernsehen sagte, wir sollten so viele Unterschriften wie möglich gegen die Schlachtvieh-Transporte sammeln", warf ich ein.

„Na, ich weiß nicht", knurrte Pia. „So was hat bisher ja wohl nicht viel gebracht."

„Das stimmt nicht", erwiderte ich. „Immerhin haben die Tierfreunde schon durchgesetzt, dass Schutzbestimmungen eingeführt wurden."

„Aber die sind ungenügend, werden so gut wie nicht beachtet und nur selten überwacht", grollte meine Freundin.

„Dann müssen wir uns halt dafür einsetzen, dass die Auflagen strenger werden und dass man sie korrekt einhält", erklärte Andi mit fester Stimme und stand auf. Mit ihren fast neunzehn Jahren war sie die Älteste in unserer Clique. „Habt ihr euch den Namen und die Adresse eines der Tierschutzverbände gemerkt, die die Unterschriftenlisten verteilen?", fragte sie.

Valentine schniefte und nickte. „Da stand irgendwas von ‚Deutscher Tierschutzbund in Bonn'", murmelte sie.

„Okay", meinte Andi. „Dann werde ich heute Abend mit Hilfe der Auskunft die Telefonnummer dieses Vereins herausfinden und morgen dort anrufen. Mein Chef hat bestimmt nichts dagegen, dass ich das Gespräch von seinem Büro aus führe." Sie ging bei einem bekannten Sattler in Berchtesgaden in die Lehre.

„Und dann?", fragte Pia.

„Dann reichen wir die Unterschriftenlisten überall dort herum, wo wir viele Leute kennen. Hier im Reitstall zum Beispiel oder bei uns in der Sattlerei."

Gregor nickte. „Und in der Schule. Meine Eltern nehmen sicher auch ein paar Listen mit zur Arbeit."

„He, ich hab 'ne Idee!", rief Pia plötzlich laut. „Anfang Dezember findet doch wieder der große Bischofsfeldener Georgiritt zur Kapelle auf dem Mandlhof statt. Da kommen doch immer total viele Zuschauer. Wie wäre es, wenn wir dort einen Stand aufbauen und Unterschriften sammeln?"

Einen Moment lang schwiegen wir alle überrascht.

„Klasse Idee", sagte Gregor dann anerkennend.

„Moment mal", sagte ich. „Was ist denn dieser Georgiritt?"

„Ach ja, die Zugereiste aus dem Ruhrgebiet ist

wieder mal nicht informiert“, sagte Pia grinsend. „Andi, erzähl ihr doch mal was darüber. Mit dem geschichtlichen Kram weißt du doch am besten Bescheid.“ Damit hob sie den alten Kater Opa, der zärtlich um ihre Beine gestrichen war, auf ihren Schoß.

Andi lächelte und nickte. „Früher haben die Leute an vielen katholischen Orten ihre Rösser auf solchen Umritten segnen lassen – nicht nur bei uns in Bayern. Damals waren die Pferde ja noch wichtige Arbeitstiere, und von ihrer Gesundheit konnte das Überleben einer ganzen Bauernfamilie abhängen. Die Umritte sind eine uralte Tradition, ganz besonders hier in Oberbayern. Den Bischofsfeldener Georgiritt gibt es schon seit über 300 Jahren.“

„Heute ist das Ganze allerdings eher eine riesengroße Schau als ein religiöses Fest“, ergänzte Gregor. „Für unseren Georgiritt ist die ganze Umgebung auf den Beinen, und tausende von Touristen kommen, um dabei zuzusehen.“

„Wir vom Mandlhof reiten natürlich auch mit“, erklärte Valentine, die sich inzwischen wieder beruhigt hatte. „Und Frau Kleinert ist sowieso immer dabei.“

„Wie wäre es, wenn du mit Nori auch teilnimmst?“, fragte Pia.

„Na, ich weiß nicht“, sagte ich zweifelnd. „Er ist schließlich noch sehr jung und unerfahren. Bei der Unruhe und dem Krach auf so einem Umritt bricht er doch garantiert in Panik aus. Da hilft ihm nicht einmal Gottes Segen, fürchte ich.“

Pia lachte. „Na komm, so schlimm wird's schon nicht werden. Der alte Bertlhof-Bauer hat mit seinen Pferden an fast jeder Pferdesegnung hier in der Gegend teilgenommen – nicht nur mit seinem alten Mariechen, sondern sogar schon mit den Fohlen. Das Mariechen ging vorne an der Kutsche, ihr jüngstes Kind lief nebenher, und zwei Jungpferde waren hinten angebunden. Ob du's glaubst oder nicht: Dein Nori ist ein regelrechter Umritt-Profi, im Gegensatz zu dir."

„Im letzten Jahr war er übrigens auch schon hier in Bischofsfelden mit dabei", ergänzte Andi. „Er war ganz brav, so wie er es immer ist. Also, trau dich ruhig!"

Ich nickte zögernd. „Lust hab ich natürlich schon. Und wenn ihr auch dabei seid ... Ich muss es mir noch mal in Ruhe überlegen."

Gregor sah in die Runde. „Und was unternehmen wir nun wegen der Schlachtvieh-Transporte?"

„Wie gesagt, ich kümmere mich morgen um die Unterschriftenlisten", sagte Andi.

„Und ich frage meinen Vater, wo man sich die Erlaubnis für so einen Stand holen muss", ergänzte Valentine. Ihr Vater war nämlich der Bürgermeister von Bischofsfelden.

„Es ist also beschlossene Sache?", fragte Gregor. Wir anderen nickten.

„Gut", meinte er zufrieden und stand auf. „Wir sollten auch noch Amelie und Lisa davon erzählen. Im Übrigen muss ich euch jetzt leider verlassen. Ich möchte nachher nämlich noch mit Lars ins Kino gehen." Damit stand er auf und stieg die Leiter hinunter.

Valentine lächelte zaghaft. „Jetzt geht's mir schon ein bisschen besser. Es ist gut, wenn man wenigstens irgendetwas tun kann."

Der Junge mit dem Maultier

Hallo, Nina!", begrüßte mich Amelie. „Kommst du auch gleich auf den Heuboden?" Amelie hatte im Nachbarort Hintersbach eine Reitbeteiligung an einem Isländer, aber sie nahm trotzdem noch regelmäßig Reitstunden auf dem Mandlhof und war auch oft bei unseren Cliquentreffen dabei.

„Klar", antwortete ich. „Ich muss nur noch Antasha fertig machen."

Wie jeden Mittwoch hatte ich gerade meine Reitstunde auf dem Mandlhof genommen. Trotzdem war heute für mich ein besonderer Tag. Frau Seeberg hatte mir nämlich zum ersten Mal eine der Trakehner Zuchtstuten des Mandlhofes zugeteilt. Das war eine echte Auszeichnung. Ihre Zuchtstuten bekamen nämlich nur die besseren Reiter – solche, die feinfühlig und rücksichtsvoll mit den Pferden umgingen und entspannt und locker im Sattel saßen. Ich war stolz wie Oskar und hatte sogar für einige Zeit die schrecklichen Bilder von den Schlachtvieh-Transporten vergessen, die mir in den letzten drei Tagen einfach nicht mehr aus dem Kopf gehen wollten. Tagsüber konnte ich sie noch einigermaßen zur Seite schieben, aber nachts sah ich sie immer wieder vor mir: Pferde, die von brutalen Kerlen mit Stöcken und Peitschen die Laderampe eines Transporters hinaufgeprügelt wurden; Pferde, die hinfielen und nicht wieder aufstehen konnten.

Seit dem letzten Sonntag war ich nicht mehr auf dem Heuboden gewesen. Mal sehen, was es Neues gab!

Ich hatte Antashas Hufe ausgekratzt und sie in ihre Box in dem schönen alten Pferdestall des Mandlhofes gebracht. Nachdem ich ihre Trense abgewaschen und die Stallgasse gekehrt hatte, musste ich nur noch schnell ihren Putzkasten samt Sattelzeug in die Sattelkammer bringen. Jetzt hatte ich einen Bärenhunger!

Die Clique war schon fast vollzählig versammelt. Pia, Andi, Amelie, Valentine und die zwölfjährige Lisa schoben gerade ein paar Strohballen im Kreis um eine Kiste herum. Teller mit Wurstsemmeln, Birnenkuchen und Schokoladenkeksen standen darauf. Ich zog eine Thermoskanne mit heißem Früchtetee aus meiner Tasche, holte die Trinkbecher aus dem kleinen Schrank an der Wand und setzte mich.

„Oh, prima“, sagte Pia und ließ sich neben mich auf den Strohballen sinken. „Etwas Warmes zu trinken ist genau das, was uns noch gefehlt hat. Es wird langsam richtig ungemütlich draußen. Pink Panther ist eben im Galopp losgezogen, als müsse er immer noch auf der Rennbahn Pokale gewinnen. Mir sind bald die Finger abgefallen vor Kälte. Das nächste Mal nehme ich auf alle Fälle Handschuhe mit.“ Sie griff nach einer Wurstsemmel und biss hungrig hinein.

Ich nahm mir ein Stück Kuchen. „Und?“, fragte ich dann erwartungsvoll.

„Ich habe am Montag sofort mit dem Deutschen Tierschutzbund telefoniert“, berichtete Andi. „Dort war man begeistert von unserer Idee, auf dem Bischofsfeldener Umritt Unterschriften zu sammeln. In den nächsten Tagen wollen sie mir ein Paket mit Informationsheften, Faltblättern und den Listen zuschicken. Wenn wir die Unterschriften im Dezember beim Tierschutzbund abgeben, ist das noch früh genug, denn sie sollen erst Anfang des nächsten Jahres zu der zuständigen EU-Kommission geschickt werden. Von mir aus ist also alles paletti.“

Valentine nickte. „Und ich habe inzwischen mit meinem Vater gesprochen. Der Georgiritt wird jedes Jahr wieder neu vom Bischofsfeldener Gemeinderat genehmigt, und zwar zusammen mit allen Anträgen für Würstelbuden, Andenkenstände, Bierzelte und was es sonst noch so geben soll. Die Sitzung ist Anfang November. Allerdings hat es wohl bisher noch keinen Informationsstand gegen Tierquälerei bei einem der Umritte gegeben.“

„Na und?“, meinte ich. „Da kann doch keiner was dagegen haben. Die Zustimmung ist bestimmt nur eine reine Formsache.“

Valentine zuckte unschlüssig die Schultern. „Ich weiß nicht. Mein Vater ist ganz bestimmt dafür, aber für seinen Gemeindrat will er nicht die Hand ins Feuer legen. Und er kennt seine Pappenheimer."

„Also bleibt nur abwarten und Tee trinken", meinte Andi seelenruhig und goss sich noch einmal aus meiner Thermoskanne nach. Wir anderen warfen uns unsichere Blicke zu. Unsere tolle Idee würde doch nicht etwa abgeschmettert werden?

Zum Glück verging die Zeit wie im Fluge. Nori machte große Fortschritte. Friederike und ich arbeiteten fast jeden Tag mit ihm, und er trug mich jetzt schon viel sicherer als beim ersten Mal. Ich fühlte mich auf seinem breiten Rücken inzwischen richtig zu Hause, und wir unternahmen erste kleine Ausritte rund um Bischofsfelden. Friederike begleitete uns dabei auf ihrem erfahrenen Morgentau.

„Wenn dein Nori immer nur auf dem Reitplatz arbeiten müsste, würde es ihm früher oder später langweilig", meinte sie.

Ich liebte diese kurzen Ausflüge, und die Aussicht, mit Nori vielleicht schon im nächsten Frühjahr im Galopp durch das Tal zu preschen, beflügelte mich.

Wenig später fragte mich Frau Seeberg sogar, ob ich an einem ihrer großen Ausritte teilnehmen wolle. Ich platzte fast vor Stolz! Auf solche Ausflüge nahm sie nämlich nur Reitschüler mit, die wirklich gut und sicher reiten konnten. Offensichtlich gehörte ich jetzt auch dazu.

Schon Tage vorher malte ich mir aus, wie der Ritt wohl werden würde. An einem Donnerstagnachmittag ging es los. Wir hatten sogar Glück mit dem Wetter: Es war einer jener wunderschönen Herbsttage, an denen man glauben könnte, der Winter würde niemals kommen. Warm schien die Sonne vom blauen Himmel, und die Bäume leuchteten in ihren bunten Herbstfarben, als hätten sie extra für uns ihre Festkleider angelegt. Ich ritt den weißen Lipizzaner Favory, den ich von allen Reitschul-Pferden auf dem Mandlhof am liebsten mochte.

Frau Seeberg saß auf dem schweren Oldenburger Warmbluthengst Marc Aurel, der sich mit ihrem Trakehner-Zuchthengst Almwind einen großen Stall mit Auslauf teilte. Der kräftige Rappe glänzte in der Sonne. Er tänzelte und schnaubte aufgeregt, doch Frau Seeberg streichelte ihm nur lachend über den muskulösen Hals.

Ich musterte sie neugierig. Sie schien heute besonders gute Laune zu haben. Klar – sie war grundsätzlich ein freundlicher Mensch, der die Reitschüler und Pferde aufmerksam und respektvoll behandelte. Doch normalerweise war sie eher zurückhaltend und zeigte ihre Gefühle nur selten offen. Aber in den letzten Tagen war sie nicht wieder zu erkennen gewesen. Sie schien regelrecht von innen heraus zu strahlen.

Als Gregor auf seinem Pflegepferd Troll zu ihr hinüberritt und etwas zu ihr sagte, warf sie den Kopf zurück und lachte. Pia lenkte ihr Lieblingspferd, die Vollblutstute California Dream, an Favorys Seite.

„Ich würde zu gern wissen, was in Frau Seeberg gefahren ist“, flüsterte ich ihr zu.

„Ich hab da so eine Ahnung“, erwiderte Pia ebenso leise. „Auf dem Sommerfest im August hat sie doch gesagt, dass ihr Mann im Oktober aus Nepal hierher kommen würde. Inzwischen ist es ja schon Ende Oktober ...“

Jetzt fiel es mir auch wieder ein. Klar, Pia hatte Recht. Dann würden wir wohl bald Frau Seebergs Ehemann kennen lernen. Darauf war ich schon sehr gespannt.

In diesem Moment setzte sich unsere Gruppe in Trab. Es war mein erster richtiger Ausritt, seit ich im Juni in die Berge gezogen war. In Duisburg hatte ich zwar schon seit zwei Jahren Reitunterricht gehabt, aber hier auf dem Mandlhof hatte ich wieder ganz von vorne anfangen müssen.

Favory galoppierte erfreut los, als die anderen schneller wurden, doch ich nahm nur seine Zügel ein wenig an, sagte „Hooo, hooo!“, und schon spielten seine Ohren, er fiel in den Trab zurück und kaute zufrieden auf seinem Gebiss. In Duisburg hätte ich mich in so einer Situation sogar auf meinem Lieblingspferd Sternenglanz sofort in die Steigbügel gestellt und den armen Kerl so heftig an den Zügeln gezogen, dass er vor Schmerz sein Maul weit aufgerissen hätte. Wahrscheinlich hätte er sich daraufhin sofort auf sein Gebiss gelegt und wäre dabei wohl auch ein bisschen langsamer geworden.

Wir ritten einen Hügel hinunter und bogen an einem Bach nach links ab. Und dann kam endlich der erste Galopp. Favory machte einen übermütigen Satz, doch ich nahm die Zügel wieder ein wenig an und spielte leicht damit. Sofort gab der hübsche Schimmel im Maul nach und passte sich dem gleichmäßigen Rhythmus der anderen Pferde an. Energisch schob er dabei seine kräftige Hinterhand unter seinen Körper, bog seinen Hals, kaute an der Trense – und ich saß glücklich auf dem Rücken eines perfekt versammelten Pferdes und flog nur so dahin. Fast fühlte ich mich wie ein Mitglied der Spanischen Reitschule in Wien. In Duisburg hätte ich nicht einmal zu träumen gewagt, jemals so reiten zu können. Ob Nori mich in ein paar Monaten auch so stolz durchs Gelände tragen würde? Bestimmt würde ich mich dann fühlen wie eine Königin!

Die Pferde wurden immer schneller. Auch Favory streckte sich mehr und mehr, um mit den anderen Schritt halten zu können. Er rannte so schnell, dass der Wind mir um die Ohren pfiff und mir die Tränen in die Augen trieb. Doch ich fühlte mich kein bisschen unsicher, im Gegenteil: Ich hätte am liebsten laut geschrien vor Freude! Nach einigen Minuten ließ Frau Seeberg die Pferde wieder Schritt gehen und drehte sich zu uns um. „Noch etwa eine Viertelstunde, dann machen wir Pause!", rief sie. Erstaunt sah ich auf die Uhr. Tatsächlich, wir waren schon fast anderthalb Stunden unterwegs. Nicht zu fassen.

„Warte nur, bis du unseren Rastplatz siehst!", rief mir Pia über die Schulter zu. Gerade hatte sie mich auf ihrer schnellen Vollblutstute mühelos überholt, doch jetzt schloss ich langsam wieder zu ihr auf.

Wir ritten jetzt durch einen Wald. Ein Eichhörnchen lief vor uns über den Weg und kletterte eine Tanne hinauf. Neben uns gluckerte ein Bach. Die Sonne fiel durch die Zweige und tauchte alles in ihr warmes Licht. Ich klopfte Favorys Hals, ließ seine feine Mähne durch meine Finger gleiten und genoss die beinahe märchenhafte Stimmung. Dann öffnete sich plötzlich der Wald, und vor uns lag zwischen Bäumen und Büschen ein kleiner See. An seinen Ufern wiegte sich sachte das Schilf im Wind. Zwischen den schlanken Stängeln hingen unzählige feine Spinnweben, an denen Wassertropfen in der Sonne glitzerten. Am anderen Ufer setzte gerade ein Schwan mit ausgebreiteten Flügeln zur Landung an. Hinter ihm ragte ein halb verfallenes Schlösschen aus dem Dickicht.

„Oh, ist das schön", sagte ich überwältigt.

„Ja, nicht wahr?", bestätigte Pia stolz. „Das Seeschlösschen ist ein uraltes Liebesnest. Vor ungefähr vierhundert Jahren hat es ein Salzburger Erzbischof mit Namen Wolf-Dietrich von Raitenau seiner Geliebten geschenkt", erklärte sie.

„Spinnst du?", protestierte ich. „Die Erzbischöfe von Salzburg sind doch katholisch."

Pia zuckte die Schultern. „Es stimmt trotzdem. Die beiden waren sogar heimlich verheiratet und hatten Kinder. So hat es uns jedenfalls unser Geschichtslehrer erzählt."

„Ts, ts, das war aber nicht recht", sagte ich mit gespielter Strenge und kicherte.

An einer kleinen sandigen Bucht hielt Frau Seeberg an. Die Pferde trugen ihre Halfter unter den Kopfstücken, und wir hatten ihnen Führstricke um den Hals geschlungen. So brauchten wir jetzt nur noch die Sattelgurte zu lockern und die Trensen auszuziehen. Dann führten wir sie zum Saufen ans Wasser.

Ich konnte mich nicht satt sehen an dem idyllischen See und dem Schlösschen. Verträumt lehnte ich mich an Favorys kräftigen Hals. Vor meinem inneren Auge sah ich eine Gruppe von Reitern auf edlen Pferden den Weg zum Schloss hinaufpreschen. Dort oben wartete eine Frau mit langen blonden Haaren auf sie. Sie saß auf einem wunderschönen Schimmel. Elegant sprang einer der Männer aus dem Sattel, hob sie vom Pferd und umarmte sie leidenschaftlich ...

Plötzlich wieherte Marc Aurel laut und durchdringend. Mit einem Schlag war ich auf dem Boden der Tatsachen zurück. Was war da los?

Jetzt wurden auch Favory und die anderen unruhig. Ob hier in der Nähe fremde Pferde waren? Ich blickte suchend in die Richtung, in die auch der Lipizzaner schaute. Und dann sah ich sie.

Ein paar hundert Meter vor uns marschierte eine Kolonne von Soldaten in dunkelgrünen Uniformen. Und die Männer führten doch tatsächlich Haflinger, Norweger und Maultiere, die eigenartig hohe Sättel auf dem Rücken trugen.

„Was soll das denn sein?“, fragte ich erstaunt.

Pia knuffte mir mit dem Ellenbogen in die Rippen. „Wetten, dass unsre Zugereiste mal wieder keinen blassen Schimmer hat?“, stichelte sie und grinste. „Das sind die Pferde und Soldaten vom Einsatz- und Ausbildungszentrum für das Gebirgs-Tragtierwesen in Bad Reichenhall. Du darfst sie aber ruhig ‚Gebirgs-Tragtierkompanie‘ nennen. Das tut hier nämlich jeder.“

„Aha“, murmelte ich und sah weiter neugierig zu ihnen hinüber. „Es gibt also wirklich noch Pferde in der Bundeswehr“, stellte ich nach einer Weile fest. „Das hab ich nicht gewusst.“ Eigentlich peinlich – wo mein Vater doch Sanitäter in der Berchtesgadener Kaserne war!

„Toll, nicht?“, strahlte Gregor. „Wenn ich in drei Jahren zum Bund muss, möchte ich mich freiwillig dort melden.“

Der Offizier, der an der Spitze der Gruppe marschierte, hatte uns aus der Ferne gemustert. Jetzt winkte er uns freundlich zu und bog auf den Pfad ein, der zu unserem Rastplatz führte.

„Es scheint, als bekämen wir Besuch“, meinte Frau Seeberg. Sie band Marc Aurel an einem weiter entfernten Baum fest, und wir anderen taten es ihr mit unseren Pferden nach.

Die Soldaten der Tragtierkompanie hatten inzwischen die Bucht erreicht. Sie hielten an und ließen ihre Tiere ebenfalls trinken. Der Offizier ging auf Frau Seeberg zu und schüttelte ihr die Hand. Er war mittelgroß, schlank und drahtig, hatte braune Augen, schwarze Haare und einen Schnurrbart.

„Guten Tag", sagte er. „Mein Name ist Dr. Norbert, Kommandeur des Einsatz- und Ausbildungszentrums für das Gebirgs-Tragtierwesen."

„Der ist ja Oberfeldveterinär!", flüsterte ich Pia zu.

„Klingt dramatisch", meinte die. „Was genau soll das sein?"

„Das ist ein Tierarzt im Range eines Oberstleutnants", erklärte ich. Im Deuten von Schulterklappen war ich einsame Spitze.

„Frau Seeberg vom Reitstall Mandlhof", stellte sich meine Reitlehrerin vor. „Ich freue mich, Sie endlich einmal persönlich kennen zu lernen." Die beiden begannen sich angeregt zu unterhalten. Ich beobachtete, wie die Soldaten ihre Tiere vom Wasser wegführten und sie ebenfalls an Bäumen festbanden. Dann nahmen sie ihnen die Sättel ab.

„Mensch, die müssen ja richtig schwer heben", bemerkte ich.

„Klar", erklärte Gregor fachmännisch, „die Tragtiersättel wiegen ja auch fast 50 Kilo."

Jetzt waren die Soldaten fertig. Einige gingen noch zum See und wuschen sich Gesicht und Arme, die Übrigen setzten sich auf die Wiese und begannen sich zu unterhalten. Einer von ihnen trug keine Uniform, sondern Jeans, Pullover und Wanderschuhe. Er war schlank, recht groß und hatte kurze schwarze Haare. Er sah auch jünger aus als die anderen.

„Bei Ihrer Arbeit in Nepal werden Sie ja auch

Erfahrungen mit Tragtieren gemacht haben“, sagte Dr. Norbert gerade.

Frau Seeberg hatte nämlich bis vor einem halben Jahr als Entwicklungshelferin in Nepal gearbeitet. Jetzt leuchteten ihre Augen, wie immer, wenn sie von der Gegend sprach, die im Laufe der Jahre wie eine zweite Heimat für sie geworden war. „Oh, ich fürchte, dass Ihnen die Gebirgsponys aus Nepal auf den ersten Blick gar nicht gefallen würden“, erwiderte sie lächelnd. „Verglichen mit Ihren hübschen, wohlgenährten Tieren sind sie nämlich weder schön noch gut gebaut. Nach einem harten Winter sind sie außerdem noch abgemagert und struppig.“

„Nun, im Himalaya kommt es sicher auf andere Dinge an“, meinte Dr. Norbert.

„Allerdings“, sagte Frau Seeberg. „Die Gebirgsponys müssen äußerst trittsicher und unglaublich leistungsfähig sein. Mit 100 Kilo Gepäck klettern sie über Bergpässe von bis zu 5500 Metern Höhe.“

„Bekommen sie da oben keine Höhenkrankheit?“, fragte Dr. Norbert erstaunt. „Normalerweise droht Menschen und Tieren doch schon ab 6000 Metern Lebensgefahr. Wenn die Pferde schwer bepackt bis 5500 Meter Höhe hinaufklettern ...“ Ungläubig schüttelte er den Kopf.

Hinter den Soldaten wieherte es plötzlich laut und erschrocken. Schnell drehte ich mich um. Ein Maultier war mit seinem Strick in einem Strauch hängen geblieben. Das arme Tier konnte kaum noch den Kopf bewegen und versuchte verzweifelt sich loszureißen. Einer der Soldaten sprang auf, doch der Junge ohne Uniform war schneller. Schon war er bei dem panischen Tier, ignorierte die stampfenden Hufe und löste den Strick mit ein paar geschickten Handgriffen.

„Schhhh, ruhig“, sagte er zu dem verängstigten Muli, streckte vorsichtig die Hand nach seinem Kopf aus und streichelte ihm behutsam über Nüstern und Hals.

Als ich ihn dabei beobachtete, schlug mein Herz auf einmal schneller. Er sah wirklich gut aus, und er schien toll mit Tieren umgehen zu können. Gebannt starrte ich ihn an.

„Das ist übrigens mein Sohn Felix“, sagte Dr. Norbert stolz und wies mit einer kurzen Handbewegung auf den Jungen. „Nach der Schule kommt er uns manchmal entgegen, wenn wir von unseren Übungsmärschen zurückkehren.“

Ich fuhr zusammen. Hatte er mit mir gesprochen? Nein, er redete mit Frau Seeberg. Sie schaute nun ebenfalls zu seinem Sohn hinüber. Felix sah auf und lächelte sie an. Er hatte große hellblaue Augen.

Ich weiß nicht mehr, worüber Frau Seeberg und Dr. Norbert danach noch sprachen. Ich saß nur da und beobachtete aus den Augenwinkeln, wie der Junge das Maultier noch einmal freundlich klopfte und sich dann wieder zu den Soldaten setzte. Wie er sich an einen Baum lehnte und interessiert zuhörte.

Irgendwann sah er auch zu mir herüber. Ich blickte schnell in die andere Richtung, damit er nicht merkte, dass ich rot wurde. Danach wagte ich ihn nicht mehr anzuschauen.

Plötzlich tippte mir Pia auf die Schulter. „He, bist du eingeschlafen? Es geht wieder los!"

Erschrocken zuckte ich zusammen. Die meisten Leute aus meiner Gruppe waren schon aufgestanden und gingen zu ihren Pferden. Seufzend rappelte ich mich auf, ging zu Favory und zog seinen Sattelgurt wieder fest. Als ich nach dem Kopfstück griff, das neben ihm an einem Zweig hing, sah ich Felix wieder. Er stand bei Marc Aurel und unterhielt sich mit Frau Seeberg. Mein Herz stolperte und schlug dann noch schneller.

„Ja, warum nicht?", sagte meine Reitlehrerin gerade.

„Also dann ...", antwortete der Junge lächelnd und schüttelte ihr zum Abschied die Hand. Er hatte ein fröhliches, offenes Lachen.

Schnell drehte ich mich zu Favory um und zog ihm das Kopfstück an. Trotzdem sah ich aus den Augenwinkeln, dass Felix in meine Richtung kam. Ganz dicht ging er an mir vorbei, ich konnte seine Nähe förmlich spüren. Krampfhaft konzentrierte ich mich auf mein Pferd und schnallte mit unsicheren Fingern den Kehlriemen fest.

Von dem Rückweg bekam ich nicht viel mit. Wir sind noch einmal eine schöne Strecke galoppiert, aber ich war mit meinen Gedanken ganz woanders. Ich sah immer nur Felix vor mir, wie er mutig den Strick des aufgeregten Maultiers löste. Wie er ihm liebevoll über die Stirn strich. Wie er Frau Seeberg so strahlend anlachte. Und wie er mich mit seinen blauen Augen ansah ...

Pia wartete auf mich, als ich Favorys Sachen in die Sattelkammer brachte. „Tschüss Andi! Bis morgen, Gregor!“, rief meine Freundin. Dann waren wir alleine.

Pia kam auf mich zu, legte mir die Hände auf die Schultern und sah mich an. „He, was ist denn los mit dir?“, fragte sie. „Seit wir am See waren, bist du wie ausgewechselt.“

Ich zuckte die Schultern. Was sollte ich schon sagen? Etwa, dass ich mich gerade unsterblich in einen Jungen verknallt hatte?

„Es liegt an diesem Felix, der bei der Tragtierkompanie dabei war, stimmt's?“, fuhr Pia fort.

Empört schaute ich sie an. „Blödsinn. Wie kommst du darauf?“, fragte ich ärgerlich. Gleichzeitig verfluchte ich mich, weil meine Stimme so unsicher klang. Mein Herz schlug mir schon wieder bis zum Hals.

Pia grinste. „Das kann ich dir sagen, ganz genau sogar“, erklärte sie. „Felix ist mir nämlich gleich aufgefallen, als er mit den Soldaten um die Ecke bog. Er starrte ständig zu dir hinüber, zumindest, wenn du gerade nicht hingeschaut hast. Aber anfangs hast du ihn ja kaum eines Blickes gewürdigt. Nachdem er das aufgeregte Muli beruhigt hatte, hat er dich wieder so eigenartig angesehen, und du wurdest puterrot im Gesicht. Von da an warst du ... irgendwie weggetreten.“

„Du spinnst“, sagte ich nur und wollte die Sattelkammer verlassen. Doch Pia hielt mich zurück. „Jetzt sei doch nicht so zickig“, sagte sie. „Du kannst ruhig zugeben, dass du dich verknallt hast. Felix scheint wirklich ein netter Typ zu sein.“

Ich senkte den Kopf. Sie hatte ja Recht, es gab keinen Grund, so abweisend zu reagieren. „Und du glaubst wirklich, dass er mich auch nett findet?“, fragte ich schließlich leise.

„Das glaube ich nicht nur, ich würde meinen Kopf darauf verwetten“, erklärte Pia und sah mir dabei fest in die Augen.

Plötzlich hätte ich am liebsten laut gejubelt. Ich umarmte Pia stürmisch, und Hand in Hand liefen wir zur Bushaltestelle.

In dieser Nacht konnte ich kaum schlafen. Ununterbrochen kreisten meine Gedanken um Felix. Als ich endlich doch eindöste, verfolgte er mich bis in meine Träume. Trotzdem wurde ich am nächsten Morgen schon vor dem Weckerklingeln wach. Ich war kein bisschen müde und hatte beste Laune. Der Morgen in der Schule verging wie im Flug. Nur konzentrieren konnte ich mich leider nicht. Stattdessen grübelte ich darüber nach, wie ich es anstellen sollte, Felix wieder zu sehen. Ich wusste ja nicht einmal, wo er wohnte. Sollte ich etwa mit dem Bus nach Bad Reichenhall fahren und so lange an der Kaserne abhängen, bis er zufällig einmal dort auftauchte? Unmöglich!

Nein, mir fiel einfach nichts Vernünftiges ein. Aber wenn Pia Recht hatte und Felix auch an mir interessiert war, würde er hoffentlich von sich aus versuchen, mich wieder zu sehen. Wenn ...

Ich war nur froh, dass mein Geheimnis bei Pia in besten Händen war. Sie konnte zwar eine grauenhafte Klatschbase sein, doch wenn es darauf ankam, schwieg sie wie ein Grab. Sie gehörte auch zu den wenigen Menschen, die wussten, dass ich Nori am Tag vor dem Traunfelser Pferdemarkt in die Berge entführt hatte. Und bisher hatte niemand ein Sterbenswörtchen darüber von ihr erfahren.

Das Wochenende verging, der Montag auch, und ich sah und hörte nichts von Felix. Meine gute Laune verwandelte sich in Nervosität, dann in Gereiztheit und schließlich in totalen Trübsinn. Am Montagnachmittag fragte mich sogar Friederike, was denn mit mir los sei. Ich schaffte es, mich mit der blöden Lateinarbeit herauszureden, die ich vor ein paar Tagen geschrieben hatte.

Doch zu allem Unglück bekam ich sie am nächsten Morgen tatsächlich zurück. Die Klassenarbeiten, die wir bisher geschrieben hatten, waren einigermaßen gut gelaufen. Sogar in Mathe hatte ich eine Vier geschafft, und das war schon ganz gut für den Anfang. Aber die Lateinarbeit war der totale Reinfall: eine glatte Fünf. Ich hatte zwar schon damit gerechnet, doch als ich die Note jetzt vor mir sah, war es einfach zu viel auf einmal. Ich schaffte es noch, einigermaßen gefasst bis nach Hause zu kommen.

Doch beim Mittagessen brach ich in Tränen aus. Ich heulte und heulte.

„Kind, nimm dir diese Lateinarbeit doch nicht so zu Herzen“, sagte meine Mutter. Sie war bereits beim Vanillejoghurt angelangt, und ich saß immer noch in Tränen aufgelöst vor meinem kalt gewordenen Schnitzel. „Es war doch von Anfang an klar, dass du in Latein einen schwierigen Start haben würdest. Papa und ich wissen ganz genau, wie viel du für die Arbeit gebüffelt hast. Und wenn du weiter so fleißig lernst, wirst du mit der Zeit bestimmt bessere Noten schreiben – wenn nicht in diesem Halbjahr, dann eben im nächsten. Und falls es noch länger dauern sollte ... Mit einer einzigen Fünf im Zeugnis ist noch niemand sitzen geblieben.“

Mit meinen verheulten Augen blinzelte ich sie an. In Duisburg hatte sie nie so viel Verständnis für mich gehabt, im Gegenteil. Papa und sie hatten mich oft genervt mit ihrem Gerede von Fleiß und Ordnung. Dabei hatte ich ihnen nicht ein einziges Mal Grund zum Klagen geliefert. Und jetzt hing ich in Latein im Keller, und sie machte mir sogar Mut. Wer sollte das noch kapieren?

Von dem wahren Grund für meinen Kummer erzählte ich ihr natürlich nichts. Ich hatte ja keine Ahnung, wie sie die Nachricht aufnehmen würde, dass ihre Tochter sich im zarten Alter von dreizehn dreiviertel Jahren plötzlich Hals über Kopf verknallt hatte. Und für eine Moralpredigt fehlten mir jetzt wirklich die Nerven. Außerdem fragte ich mich inzwischen selbst, ob meine Verliebtheit sich vielleicht in Luft auflösen würde, wenn ich Felix näher kennen lernte. Doch dazu müsste ich erst mal die Chance haben. Überhaupt – wenn Felix wirklich Interesse an mir gehabt hätte, wäre er doch längst mal auf dem Mandlhof aufgetaucht. Vielleicht hatte Pia das doch alles ganz falsch verstanden. Oder sie wollte mich trösten, weil ich so durch den Wind war. Oder Felix hatte mich nur angestarrt, weil er mich so hässlich fand. Oh nein! Dieser Gedanke trieb mich fast in den Wahnsinn.

Ich erledigte meine Hausaufgaben flüchtig und unkonzentriert. Danach fuhr ich nach Bischofsfelden und kümmerte mich um Nori. Weil es in Strömen regnete, musste das Reiten heute leider ausfallen. Trotzdem mistete ich seinen Stall aus und putzte ihn gründlich. Anschließend fettete ich seinen Sattel und seine Trense ein und saß danach noch lange in seiner Box auf der steinernen Futterkrippe. Ich streichelte durch Noris Mähne und dachte über Felix nach. Natürlich wieder ohne Ergebnis.

„Auf Wiedersehen, mein Dicker", sagte ich schließlich und klopfte ihm zum Abschied noch einmal den Hals. Dann stapfte ich durch den Regen hinüber zum Mandlhof. Eigentlich hatte ich fest vorgehabt, heute Nachmittag mindestens eine Stunde über den Lateinbüchern zu büffeln. Doch jetzt hatte ich absolut keine Lust dazu. Vielleicht würde mich die Brotzeit auf dem Mandlhof auf andere Gedanken bringen.

„Jetzt haltet mal alle die Luft an“, sagte Pia mit verschwörerischer Miene, als ich um viertel nach fünf als Letzte die Leiter zum Heuboden hinaufkletterte. „Ich war eben bei Tante Adele ...“

Das war die Schwester von Pias Vater. Sie wohnte seit ein paar Wochen in dem kleinen Appartement über dem neuen Pferdestall des Mandlhofes. Statt Miete zu zahlen half sie im Haus und im Stall aus. Im nächsten Frühjahr sollte sie sogar fest angestellt werden, denn dann würde das große alte Wohnhaus des Mandlhofes fertig renoviert sein. Frau Seeberg wollte dort eine kleine Pension für Urlaubsgäste eröffnen, und Pias Tante sollte sich um die Touristen kümmern, die hoffentlich in Scharen anreisen würden.

Tante Adele war hier schnell heimisch geworden, denn sie war eine freundliche Frau, die hart zupacken konnte. Besonders gut schien sie sich mit Frau Seeberg zu verstehen, obwohl sich die beiden vorher nur flüchtig gekannt hatten. Tante Adele erfuhr sogar meistens als Erste, wenn es irgendwelche Neuigkeiten gab.

„Was glaubt ihr wohl, warum Frau Seeberg heute nicht auf dem Mandlhof ist?“, fuhr Pia nach einer bedeutungsvollen Pause fort.

„Nun spann uns doch nicht so auf die Folter!“, brummte Amelie ungeduldig, während sie Kater Opa das Fell kraulte.

„Sie ist nämlich heute Mittag zum Münchener Flughafen gefahren“, rückte Pia endlich mit ihrer

Neuigkeit heraus. „Genau um 13.55 Uhr ist dort ein Flugzeug aus ... Nepal gelandet.“

„Wow“, machte Lisa und sah Pia gespannt an.

Auch ich hatte sofort kapiert und spitzte die Ohren. Heute würde also endlich Frau Seebergs Ehemann nach Hause kommen. Bisher wussten wir nicht viel über ihn – nur, dass sie ihn in Nepal kennen gelernt und geheiratet hatte.

„Aha“, meinte auch Valentine. „Jetzt wird es also spannend.“

„Weiß deine Tante vielleicht, wer Frau Seebergs Mann eigentlich ist?“, fragte Amelie.

Pia zuckte die Schultern. „Keine Ahnung, leider. Ihr wisst ja, wie Frau Seeberg ist, sie redet kaum über private Dinge.“ Dann biss sie herzhaft in ihr Salamibrot.

„Ob er wirklich Tibeter ist?“, überlegte Lisa laut.

„Wer behauptet denn das?“, fragte ich erstaunt. Doch ehrlich gesagt war mir der gleiche Gedanke auch schon gekommen.

„Na, wen soll man denn in einem einsamen Tal mitten im Himalaya sonst kennen lernen? Ich finde das gar nicht so abwegig“, stellte Amelie fest und nahm sich noch ein Radieschen.

„Und schon sind wir wieder mal kräftig dabei, Gerüchte in die Welt zu setzen“, meinte Andi grinsend. „Allerdings scheint das Geheimnis um Frau Seebergs Ehemann inzwischen ganz Bischofsfelden zu bewegen. Gestern habe ich beim Einkaufen zwei Frauen belauscht, die allen Ernstes behaupteten,

Frau Seeberg hätte einen tibetischen Schamanen geheiratet. Ich habe mich hinter die Regale verkrochen und wäre fast geplatzt vor Lachen."

„Ein Schamane – was ist denn das?", fragte Lisa ratlos.

„Das ist so eine Art Priester und Heiler", erklärte ich. Wir hatten zufällig im Erdkundeunterricht darüber gesprochen. „Jemand, der sich in Trance versetzen kann und so zum Mittler zwischen den Menschen und der Geisterwelt wird. Er heilt zum Beispiel Krankheiten, indem er Dämonen aus dem Körper eines Menschen verjagt, oder er sagt die Zukunft voraus."

„Oh, Hilfe!", keuchte Amelie erschrocken.

Pia grinste. „Also, bevor wir noch darüber streiten, ob Frau Seebergs Ehemann vielleicht Buddha persönlich ist, sollten wir einfach noch ein bisschen abwarten. Es ist jetzt schon halb sechs, und wenn die beiden nicht gerade Hand in Hand durch München bummeln, müssten sie bald hier ankommen."

„Pssst, seid mal still!", zischte Lisa.

Tatsächlich, jetzt hörten wir es auch. Mit seinem brummenden Motorengeräusch fuhr Frau Seebergs uralter Mercedes auf den Hof.

Blitzschnell war Pia zu dem einzigen kleinen Fenster auf dem Heuboden gestürzt. Einen Moment lang herrschte gespannte Stille, dann lachte Pia plötzlich los. Sie hielt sich die Hand vor den Mund und gluckste. „Der Schamane! Der Schamane!", stieß sie prustend hervor.

Ungeduldig schob ich sie zur Seite und sah aus dem Fenster. Draußen war es dämmrig geworden, und auf dem Hof waren schon die Lichter angeschaltet. Auf der Beifahrerseite war ein Mann aus dem Mercedes gestiegen und ging jetzt von vorne um das Auto herum. Er war schlank und sehr groß, trug Jeans und Turnschuhe und einen blauen Anorak. Er hatte kurze blonde Haare und einen hellen Bart. Jetzt musste ich auch kichern. Das war ja ein toller Schamane ...

Die anderen drängten mich weg und drückten sich ihre Nasen am Fenster platt.

„Er hilft ihr aus dem Auto und nimmt sie in den Arm", berichtete Valentine atemlos. Ich reckte mich über die Köpfe der anderen und sah, wie die beiden Hand in Hand zur Haustür gingen.

Frau Seeberg sah neben ihrem großen Mann wie ein junges Mädchen aus. Aber vielleicht fühlte sie sich im Moment ja auch so.

„Das war's dann wohl mit dem Schamanen", meinte Lisa leicht enttäuscht. „Wäre ja auch eine Spur zu romantisch gewesen, oder?"

„Liebe ist immer romantisch", sagte Andi, die als Einzige auf ihrem Strohballen sitzen geblieben war und uns grinsend beobachtete.

Na ja, dachte ich. Bisher fand ich die Liebe eher frustrierend als romantisch. Und eigentlich kannte ich Felix ja auch noch gar nicht richtig. Aber ich hoffte immer noch sehr, dass sich das bald ändern würde.

Pferde im Blut

Schon am nächsten Tag sah ich Frau Seebergs Ehemann wieder. Über Nacht hatte es etwa zwanzig Zentimeter geschneit, und zum ersten Mal war es so kalt, dass der weiße Teppich auf den Wiesen liegen blieb. Ich freute mich riesig und machte mit Nori, Friederike und Morgentau den ersten richtigen Winterritt meines Lebens. Als wir über einen Hügel durch ein Wäldchen ritten, hielt Friederike ihren Wallach plötzlich an, stellte sich in den Bügeln auf und sah nach links hinunter ins Tal.

„Schau mal, ist das nicht Marc Aurel?“, fragte sie.

Tatsächlich, da unten schritt der schöne schwarze Hengst langsam und in vorbildlich versammelter Haltung über eine verschneite Wiese. Dann trabte er an – und schwebte beinahe. Er ging eine perfekte Traversale, trabte weiter und begann dann zu piaffieren. Unglaublich, wie leicht sich der schwere Hengst bewegen konnte. Es sah beinahe so aus, als würden er und sein Reiter miteinander spielen.

„Cool!“, seufzte ich und dachte: Vielleicht kann Nori das auch irgendwann lernen. Aber dann fiel mir ein, dass ich bestimmt nie so weit kommen würde ...

So selbstverständlich, so leicht und so harmonisch hatte ich bisher nur Frau Seeberg oder Friederike reiten sehen. Aber es war nicht meine Reitlehrerin, die da auf Marc Aurel saß. Es war ein blonder Mann, der so groß war, dass unter ihm sogar das schwere Warmblut fast wie ein Pony aussah.

„Mhm, reiten kann er“, kommentierte Friederike anerkennend. „Eigentlich ist das auch kein Wunder. Schließlich ist sein Vater Hauptsattelmeister im Landgestüt Celle.“

Beeindruckt sah ich zu ihm hinunter. Von dem Landgestüt in Celle hatte ich schon gehört, denn dort wohnten die staatseigenen Hengste für das Zuchtgebiet Hannover. Aber ich hatte ich keinen blassen Schimmer, was ein Hauptsattelmeister sein sollte. Also fragte ich Friederike.

„Das ist der höchste Rang, den ein Bereiter und Betreuer der Hengste in einem Landgestüt erreichen kann“, erklärte sie. „Solche Leute beherrschen zwar nicht unbedingt Grand-Prix-Dressurlektionen, aber gut reiten können sie auf jeden Fall. Und so wie Arne da unten mit dem Marc Aurel umgeht, hat sein Vater ihn in den Sattel gesetzt, bevor er richtig laufen konnte. Darauf würde ich sogar meinen alten Morgentau verwetten.“

„Aha“, sagte ich. „Arne heißt er also.“

Der Reiter ließ seinem Pferd die Zügel lang und klopfte ihm den Hals.

„Ja", sagte Friederike. „Doktor Arne Jensen, um genau zu sein. Marianne hat ihren alten Familiennamen behalten, weil jeder Reiter hier in der Gegend den Mandlhof sofort mit ‚Seeberg' in Verbindung bringt. Arne hat vier Jahre lang im gleichen Tal wie Marianne gelebt und dort an einem Forschungsprojekt über tibetische Mythen gearbeitet. Er ist nämlich Völkerkundler."

Auf dem Sommerfest im August hatte Frau Seeberg uns ein Märchen vom tibetischen Heldenkönig Gesar und seinem Pferd erzählt. „Mein Mann kennt noch viel schönere Geschichten aus dem Himalaya", hatte sie damals gesagt. Jetzt verstand ich, was sie damit gemeint hatte.

„Ich kenne Arne leider auch noch nicht persönlich", fuhr Friederike fort. „Aber das wird sich gleich ändern." Damit ritt sie aus dem Wäldchen heraus.

Marc Aurel, der vorher entspannt im Schritt gegangen war, hob den Kopf, sah in unsere Richtung, wieherte laut und kraftvoll und begann zu tänzeln. Herr Jensen nahm die Zügel an und schaute zu uns hinüber. Der Hengst fiel wieder in Schritt, doch er kaute nervös auf seinem Gebiss.

Jetzt wurde auch Nori unruhig.

„So, nun kommt es auf dich an", warnte mich Friederike. „Hengste, die sich noch nicht kennen, wollen nämlich meistens sofort die Rangordnung klären, und das kann für ihre Reiter gefährlich werden." Sie runzelte die Stirn. „Aber ich denke, dass Arne Marc Aurel gut im Griff hat. Und Nori ist ja sowieso ein besonders braver Schatz. Trotzdem darfst du ihm nicht den kleinsten Ungehorsam durchgehen lassen. Hast du mich verstanden?“

Hilfe! In mir stieg eine Angst auf, wie ich sie seit meinem ersten Ritt auf Nori nicht mehr empfunden hatte.

Okay, ganz ruhig bleiben, redete ich mir selbst Mut zu. Je gelassener du bleibst, umso besser wird sich dein Pferd benehmen.

Marc Aurel und sein Reiter kamen langsam auf uns zu. Unter mir spannte Nori seine mächtigen Muskeln an. Fast hatte ich das Gefühl, als wäre er eine Bombe und würde gleich in die Luft gehen.

In einem gehörigen Sicherheitsabstand hielt Herr Jensen Marc Aurel an. Die Nüstern des dunklen Hengstes waren weit aufgerissen, doch er blieb brav stehen. Von Nori konnte ich das leider nicht behaupten. Er scharrte unruhig mit dem Vorderhuf und warf den Kopf auf und ab. Ich versuchte immer noch souverän zu wirken, aber ich fühlte mich entsetzlich.

„Hallo“, sagte Herr Jensen und lächelte uns freundlich an. „Friederike Kleinert auf Morgentau und Nina Weißgerber mit Nori, stimmt's?“

„Volltreffer!“, meinte Friederike anerkennend. „Und Sie müssen Arne Jensen sein. Schön, dass wir uns endlich einmal treffen. Wo mir Marianne doch schon so viel von Ihnen erzählt hat.“

Herr Jensen lachte leise. „Finde ich auch.“

Marc Aurel schlug ärgerlich mit dem Kopf. Ich hoffte inständig, dass er nur eine Fliege vertreiben wollte.

Nori begann zu tänzeln. Ich nahm die Zügel an, und als er sich daraufhin wieder etwas beruhigte, klopfte ich ihm den Hals.

„Ich denke, wir sollten gleich ‚du' zueinander sagen", fuhr Herr Jensen fort. „Einverstanden?"

„Gerne", meinte Friederike.

Nori schnaubte und begann wieder zu tänzeln. Marc Aurel quietschte und blies sich auf wie ein Kampfhahn. Doch er blieb immer noch gehorsam stehen. So gerne ich mehr über Doktor Arne Jensen erfahren hätte – ich wollte jetzt nur noch weg von hier.

Friederike sah zu mir hinüber. „Der Nori ist noch sehr jung und kaum eingeritten. Außerdem ist er der erste Hengst, den Nina unter dem Sattel hat. Ich fürchte, unser kleiner Plausch darf nicht allzu lange dauern."

Herr Jensen warf uns einen kurzen Blick zu und nickte dann.

„Hast du Lust, in etwa einer Stunde bei mir einen Kaffee zu trinken?", fragte Friederike. „Mein Mann hatte Nachtdienst, aber jetzt dürfte er langsam wieder aus den Federn kriechen. Er ist sicher auch froh, wenn er dich einmal persönlich zu Gesicht bekommt."

Herr Kleinert war Chirurg im Berchtesgadener Kreiskrankenhaus. Und genau da würde ich sicher auch bald landen, wenn ich nicht schleunigst von hier verschwand.

„Gute Idee“, erklärte Herr Jensen, hob grüßend die Hand und wandte dann seinen Hengst um. Er lenkte ihn an den Rand des Weges und ließ ihn noch ein paar hundert Meter im Schritt gehen. Dann gab er ihm die Zügel frei, und Marc Aurel schoss los wie ein von der Sehne schnellender Pfeil.

„Prima, Nina“, lobte mich Friederike. „Diese Feuerprobe hast du bestanden.“

Eigentlich hätte ich jetzt stolz sein sollen, aber mir saß das Herz immer noch in der Hose. Wir ließen unsere Pferde im Schritt den Hügel hinuntergehen. Nori war immer noch nervös und angespannt, aber auf dem steilen, schneeglatten Weg musste er sich ganz auf seine vier Hufe konzentrieren. Als wir unten ankamen, schien er die Begegnung mit Marc Aurel schon fast wieder vergessen zu haben.

„Sollen wir noch ein bisschen traben, damit Nori den Rest seiner angestauten Erregung auch noch los wird?“, fragte Friederike. Ich nickte.

Wir trabten bis auf den nächsten Hügel hinauf. Jetzt konnten wir Bischofsfelden schon vor uns sehen. Für Nori war die lange Strecke im schnellen Tempo ziemlich anstrengend gewesen, und als wir jetzt durchparierten, hatte er sich vollkommen beruhigt. Jetzt konnte ich endlich in Ruhe über die Begegnung von eben nachdenken.

„Es kann ja passieren, dass man in einem einsamen Tal in Nepal einen Völkerkundler kennen lernt“, sagte ich nach einer Weile. „Aber dass der dann auch noch fast so gut reitet wie ein Olympiasieger, das grenzt doch an ein Wunder."

Friederike lachte. „Du solltest nicht vergessen, dass Arne mit einer Gruppe von immerhin zehn Wissenschaftlern und Studenten im Himalaya unterwegs war. Außerdem – bei Marianne wundert mich schon lange nichts mehr." Sie dachte kurz nach. „Weißt du, unser Land ist ja voll von Reitern, bestimmt sind es ein paar hunderttausend. Die meisten lieben Pferde abgöttisch und können sich nichts Schöneres vorstellen, als mit ihnen zusammen zu sein. Aber viele quälen ihre Tiere, ohne es zu wissen. Sie haben eben ihr Leben lang nicht gelernt, vernünftig zu reiten oder richtig mit ihnen umzugehen. Aber das weißt du ja alles."

Ich nickte seufzend.

„In Deutschland gibt es wahrscheinlich nur ein paar hundert richtige Pferdekenner. Die meisten sind im Sattel groß geworden, viele haben das Reiten zum Beruf gemacht. Solche Leute üben eine eigenartige Anziehungskraft aufeinander aus, fast wie Magneten."

Ich musste an Felix denken, und mein Herz klopfte schneller. „Arne hätte mit einer Gruppe von tausend Touristen in dieses Tal im Himalaya einfallen können", fuhr Friederike fort. „Trotzdem hätte Marianne sehr bald gewusst, dass sie sich mit ihm anfreunden wollte."

„Oder dass sie sich in ihn verliebt", ergänzte ich.

„Genau“, sagte Friederike.

„Ich möchte auch einer von diesen Pferdemenschen werden“, sagte ich spontan.

Friederike lächelte mir zu. „Du bist auf dem besten Wege.“

„Sag mal“, begann ich, als ich Nori versorgt hatte und in den Stall brachte. Friederike kam gerade aus der Sattelkammer. „Ich habe noch mal darüber nachgedacht, was du mir eben erzählt hast – das mit den Pferdeleuten, meine ich.“

Friederike ließ sich auf einem Strohballen in der Stallgasse nieder, und ich setzte mich neben sie.

„Dein Johannes ist aber nicht gerade ein fanatischer Reiter, oder?“, fuhr ich fort. „Und trotzdem hast du dich in ihn verliebt.“

Friederike lachte. Ihr Mann tauchte zwar öfter im Stall auf, aber im Sattel hatte ich ihn noch nie gesehen. „Nein, der geborene Reiter ist er tatsächlich nicht. Trotzdem haben wir den Anfang unserer Liebesgeschichte eigentlich den Pferden zu verdanken. Damals war Morgentau nämlich bei einem S-Springen ausgerutscht und hatte mich mit voller Wucht in ein Hindernis katapultiert. Ihm war zum Glück nicht viel passiert. Mir auch nicht – glaubte ich, bis ich aufstehen wollte. Da bekam ich plötzlich entsetzliche Kopfschmerzen, mir wurde schwindlig und furchtbar schlecht.“ Sie seufzte. „Eigentlich kann ich mich nur noch daran erinnern, dass ich danach irgendwann in der Ambulanz des Berchtesgadener Krankenhauses lag und in die braunen Augen des nettesten Kerls schaute, den ich je gesehen hatte. Mein Herz klopfte wie wild, meine Kopfschmerzen wurden immer schlimmer ... und frag mich bloß nicht, wie ich ausgese- hen habe: kreidebleich, blutüberströmt, eine dicke Beule auf der Stirn, ein geschwollenes Auge – ich war bestimmt kein Anblick zum Verlieben. Trotzdem hat Johannes die ganze Woche, die ich im Krankenhaus verbringen musste, ständig bei mir vorbeigeschaut ..."

Sie lehnte sich zurück und lächelte. „Und Johannes ist zumindest ein großer Tierfreund. So eine Ehe kann auch gut gehen. Sehr gut sogar. Schwierig wird es erst, wenn der Partner überhaupt kein Herz für Tiere hat."

Ich nickte. Johannes war verantwortlich für die sechs Katzen, die den kleinen Hof bevölkerten. Die meisten hatte er nicht einmal freiwillig angeschafft. Sie waren ihm einfach zugelaufen, und er hatte es nicht fertig gebracht, sie ins Tierheim zu bringen.

Hilfe, warum sah mich Friederike denn plötzlich so prüfend an? Überlegte sie etwa gerade, warum ich sie das alles fragte? Mein Gott, wie peinlich! Ich fühlte, wie ich rot wurde.

Zum Glück wechselte sie schnell das Thema. „Magst du noch mit hereinkommen? Ich habe gestern einen Schokoladenkuchen gebacken, und Arne wird ja auch gleich hier auftauchen. Johannes macht gerade Kaffee für uns und heißen Kakao für die Kinder."

„Nein danke, leider", sagte ich. „Ich habe gleich meine Reitstunde auf dem Mandlhof." Es war das erste Mal, dass mir das Leid tat.

„Schade, aber da kann man nichts machen", meinte Friederike und stand auf. „Also, viel Spaß noch und bis morgen!"

Ich stapfte durch den Schnee bis zum Mandlhof und dachte über Herrn Jensen nach. Irgendwie beneidete ich Frau Seeberg. Sie hatte jemanden gefunden, den sie von ganzem Herzen liebte. Und das Beste an der Sache war: Er hatte sie genauso gern.

Doch sie war immerhin dreißig Jahre alt geworden, bis er ihr endlich über den Weg gelaufen war. Ob sie trotzdem all das Herzklopfen, die Verwirrung und das Wechselbad der Gefühle durchgemacht hatte wie ich in den letzten Tagen? Oder reagierte man als Erwachsener ruhiger, abgeklärter, wenn man sich verliebte? Aber wenn ich an Frau Seebergs Verhalten in den letzten Tagen dachte, war ich mir da nicht so sicher.

Ich bog um die Ecke der alten Mauer, die seit ewigen Zeiten den Mandlhof umgab. Komisch, da stand ja Pia und wartete auf mich. Das tat sie doch sonst nie. Irgendwas war da los.

Jetzt winkte sie mir zu und rannte mir entgegen.

„He, was gibt's?", rief ich ihr zu.

„Ob du's glaubst oder nicht: Er ist da", keuchte sie, als sie mich erreicht hatte.

Ich wusste sofort, wen sie meinte. „Felix?", krächzte ich. Meine Knie wurden plötzlich so weich, dass ich mich an die Mauer lehnen musste.

Pia nickte. Ihre Augen glänzten, und sie hatte ganz rote Wangen vor Aufregung.

„Hat er vielleicht nach mir gefragt?", fragte ich mit schwacher Stimme.

„Nein, das nicht, zumindest nicht mich", antwortete Pia. „Er bekommt gerade seine erste Probe-Reitstunde in der Halle. Frau Seeberg hat ihm Troll gegeben."

Ich nickte nur. Wahnsinn, Felix wollte jetzt also auch hier reiten. Dann würde er in Zukunft wohl öfter hier auftauchen, und vielleicht ... In meinem Kopf überschlugen sich die Gedanken. Wir setzten uns auf eine Bank im Hof und warteten darauf, dass Frau Seeberg aus der Halle kam und mir ein Schulpferd zuteilte. Der alte Schäferhund Rabauke kam angehinkt und ließ sich neben Pia nieder. Liebevoll kraulte sie ihn hinter den Ohren.

Ich zog meinen Anorak enger um meinen Körper, denn es war lausig kalt, und die Bank lag im Schatten. Ich kramte ein Taschentuch aus meiner Jeans und putzte mir meine vor Kälte triefende Nase. Anschließend rieb ich mir die blau gefrorenen Hände, stampfte mit den Füßen auf, damit sie wieder warm wurden, und zog den Reißverschluss meines Anoraks höher.

Ich war angespannt wie ein Flitzbogen. Jeden Moment konnte Felix mit Frau Seeberg und Troll aus der Halle kommen. Was sollte ich dann bloß tun?

Mich ganz normal verhalten, logisch. Nur leider klopfte mein Herz schon wieder so schnell, dass ich garantiert kein Wort herauskriegen würde.

„Mensch, pass bloß auf, dass du nicht deine Haare verschluckst, wenn du sie endlich abgekaut hast", meinte Pia und grinste.

Tatsächlich – ich hatte eine dicke Haarsträhne zwischen den Zähnen und kaute wie wild darauf herum. Ärgerlich spuckte ich sie aus.

„Als ich vor ungefähr zwei Stunden mit Pink Panther ausgeritten bin, ist mir hinten am Hengststall der Schamane begegnet", erzählte Pia, um mich abzulenken.

„Wer?", fragte ich zerstreut. Wovon redete Pia?

Sie grinste schon wieder. „Na, Frau Seebergs Mann natürlich. Mittlerweile nennt ihn schon der halbe Mandlhof so. Der hat seinen Spitznamen weg, das sag ich dir."

Ich grinste gequält. Mir war es im Moment ziemlich egal, wer welchen Spitznamen hatte. Nach einer kurzen Pause erzählte ich ihr aber doch von meinem Treffen mit Herrn Jensen heute Morgen.

„Der kann auf jeden Fall verdammt gut reiten", berichtete ich. „Er saß auf Marc Aurel, und der ging unter ihm Traversalen und Piaffen. Als wir uns getroffen haben, ist er total cool geblieben und hatte sein Pferd super unter Kontrolle. Obwohl Nori und Marc Aurel sich angestellt haben wie zwei eifersüchtige Hähne kurz vor dem Kampf."

Pia nickte. „Das will schon was heißen. Marc Aurel wird normalerweise ziemlich schwierig, wenn er anderen Hengsten begegnet. Was hat Nori denn gemacht, als er ihm plötzlich Aug in Aug gegenüberstand?“

Ich zuckte mit den Schultern. „Er hat sich einigermaßen gut benommen. Aber ich habe trotzdem ziemlich Schiss gehabt. Nur gut, dass Nori so brav ist. Sonst müsste ich ihn doch irgendwann kastrieren lassen.“

Pia wollte noch etwas sagen, doch da öffnete sich das Tor zur Reithalle. Tatsächlich, da kamen sie! Frau Seeberg führte Troll am Zügel, und Felix ging neben ihnen her. Die beiden unterhielten sich miteinander. Als sie näher kamen, sah ich, dass Trolls Nüstern weit gebläht waren. Angetrockneter Schweiß schimmerte auf seiner Brust und an seinem Hals. Doch seine dunklen Pferdeaugen glänzten. Er sah so aus, als hätte ihm diese Reitstunde viel Spaß gemacht.

Vielleicht hatte er seinen Reiter ja kopfüber in den Dreck geschleudert. Troll war nämlich bekannt als Weltmeister im Buckeln. Mich hatte er auch schon mit Karacho in den Sand befördert. Aber Felix machte nicht den Eindruck, als hätte er sich unfreiwillig von seinem Pferd getrennt. Er sprach immer noch begeistert mit Frau Seeberg. Die beiden waren jetzt schon fast bei uns, doch im dunklen Schatten des Schlösschens hatten sie uns noch nicht bemerkt.

Da kam ihnen Frau Seebergs Auszubildende Suse aus dem alten Stall entgegen.

„Der Felix reitet wie der Teufel“, rief ihr meine Reitlehrerin zu. „Wie der Blitz ist er ohne Steigbügel auf den Troll gesprungen, und unser Dicker wusste sofort, wo’s langging.“

„Das will bei ihm schon was heißen“, meinte Suse anerkennend.

„Am Ende haben die beiden noch eine Runde über die Hindernisse in der Halle gedreht“, fuhr Frau Seeberg fort. „Ich hab den faulen Troll noch nie mit so viel Begeisterung springen sehen. Jetzt ist er allerdings ziemlich fertig. Er braucht unbedingt noch ein paar zusätzliche Schrittrunden und anschließend eine Pause bis zum Abendunterricht. Erledigst du das bitte? Ich hab jetzt gleich meine nächste Reitstunde.“

Suse lachte, nahm ihr Trolls Zügel aus der Hand und schwang sich auf seinen Rücken.

Frau Seeberg wandte sich wieder zu Felix, der vor Stolz über das Lob strahlte. „Allerdings könnte deinen Stil ein bisschen Schliff nicht schaden“, meinte sie und lächelte. „Du würdest gut in die Reitstunde am Montag um fünf Uhr passen. Hast du da Zeit?“

„Na klar“, antwortete Felix.

Ich schluckte. Die zweite Reitstunde am Montagnachmittag war das Highlight der ganzen Woche, sozusagen der Treffpunkt für die Spitzenreiter auf dem Mandlhof. Pia war manchmal dabei, wenn sie wieder genug Geld zusammengespart hatte. Die anderen Reiter, die ebenfalls Schulpferde vom Mandlhof in Pflege hatten, tauchten dort auch öfter mal auf. Und dann ritten dort noch zwei der guten Reiter unter den Privatpferde-Besitzern. Kein Wunder, dass Frau Seeberg in dieser Gruppe noch Platz hatte. Schließlich kam kaum jemand dafür in Frage.

Ich dagegen gurkte seit ein paar Wochen in einer Reitstunde für fortgeschrittene Anfänger herum. Vorher hatte ich einige Zeit im absoluten Anfängerunterricht zugebracht, und davor hatte ich zwölf Einzelstunden an der Longe bekommen.

Verdammt. Wenn Felix mich reiten sah, würde er mich bestimmt nicht mehr näher kennen lernen wollen. In diesem Moment kam Gregor durch das Hoftor, ging auf Felix zu, schüttelte ihm erfreut die Hand und stellte sich vor. Die beiden begannen sich zu unterhalten und gingen irgendwann in Richtung des alten Stalls davon. Vermutlich wollte Gregor Felix den Mandlhof zeigen. Insgeheim war ich ganz froh darüber. So würde er hoffentlich nicht in die Halle kommen und mir beim Reiten zuschauen.

„Hallo, ihr zwei“, sprach Frau Seeberg uns an.

Ich drehte mich rasch um. Meine Reitlehrerin hatte ich total vergessen. „Wie wäre es, Nina, wenn du heute Hansi reitest? Anne gibt gerade die Kinderstunde, dort geht er mit. Darum ist er schon geputzt und gesattelt, sodass du nur noch aufzusteigen brauchst.“

Ich nickte zufrieden. Hansi war zwar nicht mein absoluter Liebling, aber ganz okay. Er war ein fleißiger, lieber Haflinger, der allerdings manchmal etwas respektlos sein konnte.

Als die Reitstunde begann, ging zuerst noch alles gut. Hansi kaute brav auf seinem Gebiss, ging nach einiger Zeit sogar wunderbar versammelt und durchs Genick. Aber dann, nach ungefähr zwanzig Minuten, entdeckte ich plötzlich Gregor und Felix auf der kleinen Tribüne.

Von da an lief alles schief. Ich fiel in sämtliche Fehler zurück, die mir mein Reitlehrer in Duisburg eingetrichtert hatte. Ich verkrampfte mich, nahm die Zügel viel zu fest an und drückte dem armen Hansi die Fersen in den Bauch, als müssten wir ein Galopprennen gewinnen. Nach kurzer Zeit gab der arme Kerl seine schöne Haltung auf, schlug ärgerlich mit dem Kopf und legte sich aufs Gebiss. Natürlich ließ ich sofort die Zügel länger und versuchte mich zu entspannen. Doch nach ein paar Minuten wehrte Hansi sich schon wieder gegen mich. Von da an war alles nur noch Stress, sozusagen der totale Kampf zwischen Hansi und mir. Bis dahin hatte ich auf dem Mandlhof nur zweimal so ein Fiasko erlebt: In meiner allerersten Probestunde und an dem Tag, an dem Troll mich irgendwann wütend in den Sand gesetzt hatte. Diesmal blieb ich wenigstens bis zum bitteren Ende im Sattel. Gott sei Dank!

Dann war die Stunde endlich vorbei, wir nahmen alle in der Mitte der Bahn Aufstellung – und durch einen dummen Zufall musste ich ausgerechnet genau vor den Tribünenplätzen von Gregor und Felix anhalten.

Oh nein! Bitte nicht! Wie ein Häufchen Elend saß

ich auf dem Rücken des verschwitzten, verärgerten Hansi und wartete auf Frau Seebergs übliche „Manöverkritik“. Bestimmt würde sie mich gnadenlos in Stücke reißen.

Ich hatte ganz vergessen, dass das gar nicht ihre Art war.

„He, was war denn heute mit dir los?“, fragte sie mich leise und freundlich, wobei sie Hansi sanft über die Nüstern streichelte. „Du hast dich doch so toll entwickelt seit dem letzten Sommer, viel besser, als ich das von dir erwarten konnte.“

Ich war baff. So ein Lob hatte ich noch nie von ihr gehört. Und das ausgerechnet heute.

„Diesmal hast du auch wieder richtig gut angefangen. Nächste Woche klappt es bestimmt wieder ganz prima bis zum Ende!“

Ich wusste nicht, was ich sagen sollte. Verwirrt stieg ich ab und brachte mein Pferd in den Stall. Nachdem ich Hansi abgesattelt und versorgt hatte, fühlte ich mich wieder besser. Frau Seeberg war schon Klasse. Sie hatte genau gemerkt, dass irgendetwas nicht stimmte, und hatte versucht mir Mut zu machen. Nächste Woche würde es bestimmt besser werden!

Als ich um kurz nach fünf den Kopf durch die Luke des Heubodens steckte, wäre ich vor Schreck beinahe die Leiter wieder hinuntergefallen. Da saß tatsächlich Felix! Mit einem Käsebrot in der Hand hockte er ein wenig verlegen zwischen Pia, Gregor, Amelie und Andi.

„Hallo, Nina", sagte Gregor. „Erinnerst du dich noch an Felix? Er war am letzten Donnerstag mit der Tragtierkompanie unterwegs."

Ich brachte ein schiefes Lächeln zustande. Und ob ich mich an ihn erinnere, dachte ich. Laut sagte ich: „Klar, der Junge mit dem Maultier." Wenigstens klang meine Stimme fest und sicher.

Felix lachte und hob grüßend die Hand.

„Pia hat ihn zu uns auf den Heuboden eingeladen", fuhr Gregor fort und nahm sich noch eine von den Waffeln, die neben den Butterbroten und einer Thermoskanne mit Kakao auf der Kiste standen.

Pia, du bist ein Engel, dachte ich, während ich eine Plastikschüssel mit Orangen aus meinem Rucksack packte und sie neben die anderen Sachen auf die Kiste stellte. Es war sonst nicht üblich, einen neuen Reiter sofort zu unseren Cliquentreffen einzuladen. Auch bei mir hatte Pia ein paar Wochen gewartet, bis sie mich auf den Heuboden mitgenommen hatte. Aber bei Felix schien keiner etwas dagegen zu haben, dass er gleich heute mit dabei war, im Gegenteil. Gregor hatte sich dicht neben ihn gesetzt und diskutierte mit ihm über die Konstruktion von Tragtiersätteln, und die anderen hörten interessiert zu. Ich war Pia trotzdem dankbar, denn ich wusste, dass sie Felix nur wegen mir eingeladen hatte.

„Nina ist heute Nachmittag beim Ausreiten dem Schamanen begegnet", warf sie jetzt in die Runde.

Prüfend sah ich die anderen an. Tatsächlich – niemand schien sich über den Spitznamen von Frau

Seebergs Mann zu wundern. Sogar Felix wusste aus unerfindlichen Gründen genau, wer gemeint war.

„Ja", sagte ich und erzählte dann noch einmal, was ich erlebt hatte. Dabei hatte ich das Gefühl, dass Felix mich die ganze Zeit anschaute. Allerdings taten das die anderen auch, denn sie waren begierig darauf, etwas über den Mann von Frau Seeberg zu erfahren.

„Der Sohn eines Hauptsattelmeisters aus Celle – nicht schlecht", meinte Amelie, als ich mit meinem Bericht fertig war.

Gregor nickte und pfiff anerkennend durch die Zähne.

„Also wenn Frau Seeberg jemanden geheiratet hätte, der ein Kaltblut nicht von einem Araber unterscheiden kann, wäre ich aber auch enttäuscht von ihr gewesen", erklärte Pia.

„Selbst dann, wenn er ein Schamane gewesen wäre?", fragte Andi grinsend. Ich musste lachen.

„Marc Aurel gehört übrigens ihm", fuhr Pia fort. „Ich bin Dr. Jensen nämlich auch begegnet, als ich heute Mittag von meinem Ausritt mit Pink Panther zurückkam. Er putzte gerade den Hengst, und wir haben uns kurz unterhalten. Sein Großvater ist ein bekannter Oldenburger Züchter."

„Einen Celler Hauptsattelmeister als Vater, einen berühmten Pferdezüchter als Großvater – wow, so viel Glück möchte ich auch haben", meinte Gregor.

Pia nickte, dann sprach sie weiter. „Der Großvater des Schamanen war einer der Ersten, der Anfang der achtziger Jahre wieder angefangen hat, die schweren Oldenburger vom alten Schlag zu züchten. Er hatte nämlich noch zwei alte Stuten dieser Rasse im Stall stehen. Auch der Schamane ist von den Alt-Oldenburgern total begeistert. Darum hat ihm sein Großvater auch Marc Aurel geschenkt, als er vor acht Jahren sein Examen gemacht hat. Leider, so meinte der Schamane, hätte er in den letzten Jahren nicht viel von dem Hengst gehabt. Er war ja fast die ganze Zeit in Nepal."

„Seit Marc Aurel im Frühjahr hierher gekommen ist, habe ich mich immer gefragt, was ein schwerer Oldenburger Hengst bei einer Trakehner-Züchterin zu suchen hat", meinte Amelie. „Jetzt wissen wir's."

„Wenn er so gut reiten kann, wäre es doch interessant, mal Unterricht von ihm zu bekommen", überlegte Gregor. „Wir könnten ihn fragen, ob er eine Montagsreitstunde geben will."

„Gute Idee." Pia nickte und fügte dann grinsend hinzu: „Vielleicht übt er mit uns ja ein paar tibetische Reiterspiele – Kopf stehen auf dem frei galoppierenden Pferd oder so."

„Aber bitte nicht ausgerechnet am nächsten Montag, wenn ich zum ersten Mal mitreite", rief Felix mit gespieltem Entsetzen.

Die Leiter zum Heuboden knarrte, und dann erschien Valentines Kopf in der Luke.

„He, was ist los mit dir?", fragte ich und sah sie erschrocken an.

Valentine war blass und hatte Tränen in den Augen. Sie ließ sich auf einen Strohballen sinken und starrte zu Boden.

„Nun red schon", sagte Pia.

Valentine seufzte. „Gestern hat der Bischofsfeldener Gemeinderat getagt", begann sie.

„Die haben doch nicht etwa Nein gesagt?", unterbrach ich sie ahnungsvoll.

„Doch", stieß Valentine hervor, und dann brach es aus ihr heraus: „Ein paar Gemeinderäte sind der Meinung, dass die Besucher des Georgirittes nur ihren Spaß haben wollen. Und der würde ihnen gründlich verdorben, wenn jemand sie mit Informationsheften und Plakaten an das Leid der Schlachtpferde erinnern würde. Der Metzger Raibichler, der jedes Jahr massenweise Würstel beim Umritt verkauft, gehört dazu, außerdem der Bäcker Untertaler, der immer einen Stand mit Salzbrezeln und Kuchen am Straßenrand aufstellt. Auch der Oswieninger Franzl, dem das große Café gleich neben der Pfarrkirche gehört, ist total dagegen. Die haben Angst, dass wir ihren werten Gästen den Appetit verderben." Sie ballte zornig die Fäuste. „Außerdem sind da noch ein paar alte Knochen, die nach dem Motto handeln: Das hat es bei uns noch nie gegeben, das machen wir jetzt auch nicht. Am Ende war die Stimmenzahl für und gegen unseren Stand exakt gleich, und das bedeutet: Unser Plan ist abgelehnt."

Einen Augenblick waren alle still.

„Mann, was sind das für Idioten", sagte Gregor schließlich. „Ich glaub's einfach nicht!"

„Ganz schön beschränkt“, meinte auch Amelie.

„Moment mal, was geht hier eigentlich ab?“, fragte Felix verwirrt.

Andi und ich erklärten es ihm, während Amelie Valentine tröstend in den Arm nahm und Pia ihr einen Becher mit Kakao in die Hand drückte.

„Dein Vater ist doch Bürgermeister. Kann er denn da nichts machen?“, fragte Felix, als wir mit dem Erzählen fertig waren.

Valentine schüttelte den Kopf. „Er bringt halt die Anträge vor, aber bei der Abstimmung zählt seine Stimme auch nicht mehr als die der anderen Gemeinderatsmitglieder. Er steht natürlich auf unserer Seite, aber er kann uns nicht helfen.“

„Leider“, brummte Pia.

„Wir könnten vielleicht bei der Kirchengemeinde nachfragen“, schlug ich vor. „Ein Informationsstand am Tor der Pfarrkirche, genau dort, wo der Umritt startet – das wäre doch perfekt.“

Traurig schüttelte Valentine den Kopf. „Darüber habe ich gestern schon mit meinem Vater gesprochen. Die Kirche samt Eingang, Friedhof und so weiter ist so etwas wie heiliger Boden. Da darf man überhaupt keinen Informationsstand aufstellen, nicht mal für die Caritas.“

Pia seufzte. Wir anderen schwiegen bedrückt.

„Wie wäre es denn mit dem Mandlhof?“, meinte Felix plötzlich. „Der ist doch Privatgelände. Da dürfen die Eigentümer machen, was sie wollen. Also könnt ihr auch einen Stand dort aufbauen.“

„Nee, wir müssen auf jeden Fall Frau Seeberg da raushalten!“, sagte Andi entschieden.

„Warum denn?“, fragte Felix erstaunt.

„Stimmt, das kannst du ja gar nicht wissen“, stellte Andi fest. „Es ist so: Frau Seeberg muss ganz dringend das Wohnschlösschen und die Kapelle auf dem Mandlhof restaurieren lassen. Anfang Dezember rücken die Handwerker an, um mit dem Schlösschen anzufangen, und im nächsten Winter machen sie mit der Kapelle weiter. Das alles kostet Frau Seeberg so viel Geld, dass sie in den nächsten Jahren wohl ständig knapp bei Kasse sein wird. Weil aber der Pferdeumritt für Bischofsfelden eine wichtige Tradition und eine prima Einnahmequelle ist, will die Gemeinde einen ordentlichen Batzen Geld für die Restaurierung der Kapelle zuschießen.“

„Wenn wir Frau Seeberg auf die Unterschriftensammlung ansprechen, bringen wir sie in ziemliche Verlegenheit“, fuhr Gregor fort. „Entweder sie lehnt ab, und wie ich sie kenne, wird ihr das entsetzlich Leid tun, oder aber sie macht mit, kriegt einen Riesenärger mit dem Gemeinderat und bekommt am Ende keinen Cent.“

„Alles klar, Antrag zurückgenommen“, meinte Felix seufzend. Nachdenklich fuhr er sich mit einer Hand durch seine dunklen Haare. „Trotzdem, ihr könntet die Listen unter sämtlichen Verwandten und Bekannten herumreichen, außerdem in der Schule, beim Sportverein oder sonstwo! Vielleicht nehmen eure Eltern ja auch ein paar mit zur Arbeit. So kommen sicher auch eine Menge Unterschriften zusammen." Er wandte sich an Andi. „Kriege ich auch welche? Mein Vater verteilt sie bestimmt unter den Soldaten der Tragtierkompanie. Und dann brauche ich noch ein paar für meine Schule."

„Du hast Recht", sagte Gregor. „Zumindest das sollten wir machen."

„Okay", meinte Andi. „Morgen bin ich nicht auf dem Mandlhof, aber übermorgen stelle ich die Kiste mit dem Infomaterial und den Listen hier oben auf den Heuboden. Dann kann sich jeder so viele nehmen, wie er braucht."

„Na also", sagte ich zu Valentine. „Vielleicht ist es ja gar nicht so schlimm, dass der Antrag für unseren Informationsstand gescheitert ist. Dann machen wir eben anders weiter."

Sie nickte. „Schon", meinte sie, „aber der Georgiritt wäre für uns eine Riesenchance gewesen. Wir können uns auf den Kopf stellen – so viele Unterschriften wie dort kriegen wir auf keinen Fall zusammen."

Ich widersprach ihr nicht.

„Er ist richtig nett, dein Felix", meinte Pia plötzlich, als wir in dem fast leeren Bus zurück nach Hirschau fuhren.

Stirnrunzelnd sah ich sie an. Gerade hatten wir noch darüber beraten, wie wir die Unterschriftenlisten am besten unters Volk bringen konnten, und jetzt wechselte sie abrupt das Thema.

„Erstens ist er nicht mein Felix“, knurrte ich ärgerlich. „Und zweitens ist er zwar nett – aber nicht bloß zu mir, sondern auch zu allen anderen.“

„Na und?“, erwiderte meine Freundin grinsend. „Soll er uns denn behandeln wie den letzten Dreck, nur weil du ein paar Meter von ihm entfernt auf einem Strohballen hockst?“

„Nein, natürlich nicht“, murmelte ich.

„Abgesehen davon – bei den Blicken, die er dir heute wieder zugeworfen hat, garantiere ich dir, dass er ganz schön verknallt in dich ist.“

Mein Herz machte einen Hüpfer. „Meinst du wirklich?“, fragte ich unsicher und fügte gleich hinzu: „Aber er kann so toll reiten, und was ich heute im Sattel gezeigt habe ...“

„Ach, quatsch, so schlecht war das gar nicht“, meinte Pia. „Und außerdem: Man hat dich zwei Jahre lang verkorkst, und es dauert halt seine Zeit, bis das wieder raus ist. Das wäre bei jedem anderen genauso.“

Ich zuckte zweifelnd mit den Schultern.

„Was glaubst du eigentlich, warum Felix plötzlich so erpicht darauf ist, Reitunterricht zu nehmen?“, fuhr Pia mit strenger Stimme fort. „Er kann doch schon supergut reiten. Bist du eigentlich total vernagelt?“

Ich starrte sie überrascht an. Darüber hatte ich noch gar nicht nachgedacht.

Überraschung auf dem Dachboden

„Der Schamane, immer nur der Schamane“, grollte Tante Adele. Dann drückte sie mir die Liste gegen die Schlachtviehtransporte in die Hand, die sie gerade unterschrieben hatte. „Seit zwei Wochen kann ich nicht über den Hof spazieren, nicht in Ruhe einkaufen, ja nicht einmal die Blumen in der Kapelle gießen, ohne dass mich jemand auf Dr. Jensen anspricht. Könntet ihr mich vielleicht zur Abwechslung auch mal was anderes fragen – zum Beispiel, ob ich gut geschlafen habe oder wie ich das Wetter finde?“

Wir standen in der Kapelle, und ich betrachtete konzentriert die Statue des heiligen Georg auf dem Hauptaltar. Ich wollte nämlich nicht weiter in Tante Adeles wütend blitzende Augen sehen.

„Ich kann euch nur das sagen, was ich den anderen auch erzählt habe: Ich finde ihn in Ordnung. Schluss. Den Rest müsst ihr schon selbst herausfinden“, erklärte sie entschlossen.

„Ja, aber wie sollen wir das denn anfangen?“, fragte Pia.

„Ganz einfach“, meinte Tante Adele. „Ihr fragt ihn, ob er mit euch auf dem Heuboden eine Tasse Tee trinken will.“

„Hm“, machte ich und sah sie unentschlossen an.

„Doch“, bekräftigte Tante Adele. „Es ist doch klar, dass ihr ihn näher kennen lernen möchtet. Meint ihr, er ist es nicht langsam leid, dass ihn im Dorf oder hier auf dem Mandlhof ständig irgendwer verstohlen mustert? Ich wette, er wartet nur darauf, dass er von euch mal offen angesprochen wird. Er ist nämlich weder schüchtern, noch hat er was zu verbergen.“

„Ja, na gut“, brummte ich. „Trotzdem müssen wir das zuerst mit der Clique besprechen.“

Da sah ich durch die offene Tür der Kapelle, wie Gregor und Felix zusammen durch das Tor des Mandlhofes spaziert kamen. Sofort begann mein Herz zu flattern.

„Na, da kommen ja noch mehr von eurer Bande“, meinte Tante Adele. Sie klang schon wieder ein bisschen freundlicher. „Nun haut schon ab!“

Pia umarmte ihre Tante kurz, dann liefen wir hinaus. Die beiden Jungs kamen zu uns herüber.

Seit Felix' Probereitstunde vor genau vierzehn Tagen hatte ich ihn nur noch zweimal getroffen: Einmal am letzten Mittwoch, als er wieder zu uns auf den Heuboden gekommen war, und dann noch kurz am vergangenen Montag, als er im Unterricht mitgeritten war. Bei seiner ersten Montagsreitstunde hatte ich nicht zusehen wollen, und das war auch eine gute Entscheidung gewesen. Pia hatte mir nämlich hinterher erzählt, dass der halbe Mandlhof in der Reithalle versammelt gewesen war. Alle wollten sie den Sohn des Chefs der bekannten Tragtierkompanie reiten sehen.

„Felix hat mir so Leid getan, dass ich mich ganz schnell wieder verdrückt hab“, hatte Pia gesagt.

Am nächsten Montag aber hatte ich am Ende seiner Reitstunde „zufällig“ vorbeigeschaut. Er ritt noch besser, als ich erwartet hatte.

Und jetzt stand er vor mir, lachte mich fröhlich an, und mir wurde ganz warm ums Herz.

„Na, wie war deine Reitstunde?“, fragte er mich.

„Oh, ganz gut“, antwortete ich und war froh, dass er in der Dunkelheit des Herbstabends nicht sehen konnte, wie ich rot wurde. „Ich hatte Favory, mit dem kann fast nichts schief gehen.“

„Wie ist es denn bei euch mit der Unterschriftensammlung gelaufen?“, fragte Gregor und kramte eine Klarsichtfolie mit eng beschriebenen Blättern hervor. „Also, ich habe einhundertsiebenundvierzig zusammengekriegt.“

„Ich leider nur fünfundsiebzig“, bedauerte Pia. Dabei deutete sie auf ihre Schultasche, die sie sich unter den Arm geklemmt hatte.

„Und ich dreiundneunzig“, erklärte ich stolz. „Pia hat mir allerdings auch unsere gesamte Klasse einschließlich sämtlicher Lehrer überlassen. Ich kenne hier ja noch nicht so viele Leute. Außerdem haben meine Eltern noch fleißig gesammelt."

„Bei mir sind es hundertsechzig", fügte Felix hinzu und zählte auf: „Schule, Tragtierkompanie, Mutters Sportverein und der Motorradclub meines großen Bruders."

„Na, dann waren wir ja richtig gut", stellte Gregor zufrieden fest. „Wenn die anderen auch so fleißig waren, bekommen wir ein ganz nettes Päckchen zusammen."

„Aber das ist trotzdem wenig im Vergleich zu der Masse an Unterschriften, die wir beim Georgiritt gesammelt hätten", meinte Pia.

„Kann schon sein. Aber sage das bloß nicht, wenn nachher Valentine dabei ist. Sonst fängt sie bestimmt wieder an zu heulen", ermahnte ich sie.

„Ich glaube, die Sache ist ihr richtig unangenehm", meinte Felix. „Dabei können sie und ihr Vater gar nichts dafür."

„Nee, sie stehen ja auf unserer Seite", stimmte ich ihm zu. „Es liegt an diesen blöden Typen im Gemeinderat. Denen scheinen die armen Tiere auf den Schlachtviehtransporten einfach egal zu sein – Hauptsache, das Geld in ihrer Brieftasche stimmt."

„Entschuldigt mal", hörten wir da eine keuchende Stimme hinter uns. Es war Frau Oberwaldner, die alte Bäuerin von gegenüber. Wie jeden Abend quälte sie sich die Stufen der Kapelle hinauf, um vor dem Georgsaltar einen Rosenkranz zu beten. Jetzt war sie fast bei uns angekommen. „Man soll ja nicht lauschen, wenn andere Leut reden. Aber beim Treppensteigen konnt ich mir nun auch nicht die Ohren zuhalten." Sie lächelte verschmitzt. „Habe ich das richtig verstanden: Ihr wollt beim Georgiritt Unterschriften gegen Schlachtviehtransporte sammeln, und der Gemeindrat ist dagegen? Das gibt's doch gar nicht!"

„Leider doch", erwiderte Gregor.

„Da stecken doch bestimmt solche Typen wie der Raibichler Hubert oder der Oswieninger Xaver dahinter. Die haben wirklich nur Geldverdienen im Kopf."

„Richtig geraten." Pia nickte.

„Dabei ist's doch nur gut, dass ihr Jungen euch für die armen Viecherl einsetzt." Frau Oberwaldner bekam jetzt wieder genug Luft, um richtig laut zu schimpfen. „Es ist eine Sünd, was der Gemeinderat da entschieden hat. Wie sollen aus euch denn ordentliche Leut werden, wenn euch die Erwachsenen so ein schlechtes Beispiel geben?" Sie schüttelte den Kopf. „Und die Frau Seeberg kann euch wegen der Restaurierung auch nicht helfen, stimmt's?"

„Wir haben sie gar nicht erst gefragt", erklärte ich.

„Richtig so", meinte sie. Dann lächelte sie plötzlich. „Aber wisst ihr was? Ihr sammelt die Unterschriften einfach auf unserem Bauernhof. Der liegt genau gegenüber der Kapelle. Die Reiter kommen dort alle vorbei, und die meisten Zuschauer auch. Außerdem ..." Sie zwinkerte uns zu, „ist unser Hof

Privatgrund. Da kann uns niemand was vorschreiben. Und mit dem Gemeinderat haben wir eh nichts am Hut."

Wir sahen uns an. Das war die Lösung aller Probleme!

„Das ist supernett von Ihnen", rief ich begeistert. „Dann wird es ja doch noch was mit unserem Stand."

„Eine klasse Idee", meinte Pia mit strahlenden Augen.

„Oh Mann", stieß Gregor hervor. „Das wäre ... das ist ja toll!"

„Ich muss natürlich noch mit meinem Sohn und meiner Schwiegertochter reden", erklärte sie. „Aber die sind eigentlich ganz vernünftig. Ich glaube nicht, dass sie was dagegen haben."

„Super!" Dankbar schüttelte ich Frau Oberwaldner die Hand.

Die alte Frau lächelte. „So, und jetzt muss ich weiter. Ich hab da drin nämlich noch was vor." Sie zeigte auf die Kapelle.

„Darf ich Ihnen behilflich sein?", fragte Felix galant und nahm höflich ihren Arm.

„Oh, wie nett", strahlte sie und kletterte langsam mit ihm die Stufen hinauf.

„Komisch", murmelte Pia. „Da hinkt sie jeden Abend über den Mandlhof, und niemand würdigt sie eines Blickes. Ich glaube, ich habe in all den Jahren außer ‚Guten Tag' noch kein einziges Wort mit ihr gesprochen. Wusste gar nicht, dass sie so eine tolle Frau ist."

„Das gibt's doch gar nicht!", rief Valentine, als wir ihr von unserem Gespräch mit Frau Oberwaldner erzählten.

Lisa stimmte ein Freudengeheul an, sprang auf und packte Gregor und Pia am Arm. Erschrocken über den Lärm sprang die rote Katze Mina von meinem Schoß, sträubte ihr Fell und machte einen Buckel.

„He, Ruhe da oben!", rief da eine ärgerliche Männerstimme von unten. „Ihr macht ja die Pferde scheu!"

Es war der Schamane.

„Oh, oh", sagte Pia. Dann war es mucksmäuschenstill auf dem Heuboden.

Ich hörte, wie sich Frau Seebergs Schritte der Leiter näherten.

„Machen die das öfter?", fragte der Schamane jetzt ganz leise. Ich hörte ihn, weil ich dicht neben der Luke saß.

„Eigentlich nicht", flüsterte Frau Seeberg. Dann rief sie laut: „Dürfen wir raufkommen?"

„Ja, natürlich!", antwortete Andi.

Die Leiter knarrte. Ich stand auf und zog mit Pias und Gregors Hilfe zwei weitere Strohballen in unseren Kreis.

Da standen die beiden schon auf dem Heuboden.

„Setzen Sie sich doch", bat Gregor sie verlegen und wies auf die Strohballen.

„Danke", sagte Frau Seeberg.

Lisa goss den beiden ein Glas Limonade ein. Valentine nahm ein Tablett vom Tischchen und hielt es ihnen vor die Nase.

„Hoppla, was ist denn das?“, fragte der Schamane erstaunt.

„Lachsschnitten, Kaviarcracker und Garnelenbrötchen“, erklärte Valentine. „Im Hotel meines Vaters wird gerade eine Manager-Tagung veranstaltet. Das hier ist gestern Abend übrig geblieben.“

„Danke“, sagte der Schamane und nahm sich eine Lachsschnitte. „Das nenne ich eine Luxus-Brotzeit.“

Er war zwar viel größer als seine Frau, und seine Augen waren auch nicht blau, sondern grau. Aber trotzdem sah er ihr ziemlich ähnlich. Nicht nur, weil er ebenso blond war wie sie. Sein Gesicht war von den gleichen feinen Falten durchzogen wie ihres, und er war auch genauso schlank, ja fast mager wie sie. Ob das daran liegt, dass sie beide lange Zeit im Himalaya gelebt haben?, überlegte ich.

„Also“, begann Frau Seeberg, als sie ihren Kaviarcracker gegessen hatte. „Wir sind hier, weil wir euch um Hilfe bitten möchten.“

Das war ja mal was ganz Neues! Gespannt sahen wir sie an.

„In etwas mehr als zwei Wochen werden die Handwerker zum Restaurieren hier anrücken“, fuhr sie fort. „Sie wollen oben auf dem Dachboden anfangen, aber der ist randvoll mit altem Plunder. Wir brauchen dringend ein paar Leute, die uns helfen, all die Sachen abzustauben und eine Etage tiefer in den leer stehenden Teil des Schlösschens zu befördern.

Ich werde wahrscheinlich nicht mithelfen können, weil ich hier im Pferdestall so viel zu tun habe. Deshalb sucht Arne noch ein paar Leute, die mit anpacken."

„Wow, der Dachboden von einem Schloss, voll mit uralten Sachen ... Das klingt richtig spannend", meinte Felix mit leuchtenden Augen.

Der Schamane sah ihn an. „Stellt euch das bitte nicht zu einfach vor. Ich habe mich gestern dort oben umgesehen. Der ganze riesige Raum ist zugestellt mit völlig verdreckten Möbeln. Das wird eine ziemliche Schufterei, und eine Menge Staub werden wir auch schlucken. Außerdem ist es dort lausig kalt."

Pia zuckte die Schultern. „Und wenn schon. Also, ich mache auf jeden Fall mit."

„Der nächste Samstag wäre ein guter Termin, weil dann wahrscheinlich die meisten Leute Zeit haben", erklärte Frau Seeberg.

„Oh, da kann ich leider nicht", meinte Andi bedauernd. „Peter und ich fahren nämlich übers Wochenende nach Wien."

Doch alle anderen waren mit Feuereifer dabei.

„Sieben Leute, das ist prima", meinte der Schamane erfreut. „Mit so viel Unterstützung habe ich gar nicht gerechnet. Also am Samstagmorgen um zehn?"

„Abgemacht", meinte Gregor.

Ich freute mich jetzt schon auf den nächsten Samstag. Einen ganzen Tag würde ich zusammen mit Felix verbringen! Natürlich nicht alleine, aber immerhin ... Gut gelaunt machte ich mich wenig später mit Pia auf den Weg zum Bus.

„Hallo!", rief Felix mir fröhlich zu. „Was machst du denn schon so früh hier?"

Es war Samstagmorgen um halb zehn, ich kam gerade durch das Eingangstor des Mandlhofes und zitterte vor Kälte. Doch jetzt vergaß ich meine blau gefrorenen Finger und strahlte ihn an. „Ich war heute Morgen schon um acht Uhr bei Nori im Pferdestall, weil Friederike und ich eigentlich ausreiten wollten. Aber als ich im Bus saß, fing es wie wild an zu schneien, und dann wehte auch noch dieser eisige Wind. Da haben wir nur die Ställe ausgemistet und die Pferde gründlich geputzt. Anschließend hab ich mich auf den Weg hierher gemacht. Und du?"

Rabauke kam angehinkt, stupste an mein Knie und ließ sich dann wohlig grunzend von mir hinter den Ohren kraulen.

Felix zuckte die Schultern. „Meine Eltern konnten mich nicht bringen, weil sie heute Morgen mit ein paar Freunden verabredet sind. Der nächste Zug von Reichenhall nach Bischofsfelden geht aber erst in einer Stunde, und zu spät kommen wollte ich auf keinen Fall."

„Tja, und was machen wir jetzt?", fragte ich.

Quietschend öffnete sich über uns ein Fenster. Der Schamane schaute heraus. „Kommt doch herein! Ihr gefriert da draußen ja zu Eis. Und bringt bitte den armen Hund mit!"

„Oh, prima!“, meinte Felix erleichtert.

Ich öffnete die schwere Tür des Schlösschens und schlüpfte hinein. Felix folgte mir und blieb erst mal ehrfürchtig stehen. Ich glaube, ich habe auch so ein Gesicht gemacht, als ich zum ersten Mal die große Eingangshalle mit der breiten Freitreppe und dem schweren Kronleuchter gesehen habe.

Ich zupfte an seinem Ärmel. „Komm, Herr Jensen ist im Arbeitszimmer.“ Felix nickte nur und kam dann langsam hinter mir her. Leise klopfte ich an die Tür.

„Herein!“, ertönte die Stimme des Schamanen.

Ich drückte die Klinke hinunter und lugte durch die Tür.

Die Schreibtischlampe brannte und schickte ihr gelbes Licht über eine Hügellandschaft aus dicken Büchern. Eines davon war aufgeschlagen. Seine Seiten waren mit rätselhaften Schriftzeichen bedeckt. Ein eingeschalteter Computer stand auch da, und daneben lagen ein paar Stifte und ein Schreibblock. Nur der Schamane war nicht zu sehen. Außerdem war es scheußlich kalt im Zimmer.

Rabauke lief schwanzwedelnd zum Fenster. Tatsächlich, da stand Herr Jensen und murmelte leise schimpfend in einer Sprache vor sich hin, von der ich kein Wort verstand.

„Der Fensterrahmen hier spinnt manchmal, und dann kriegt man ihn kaum noch zu“, brummte er jetzt etwas lauter.

Felix ging zu ihm. Gemeinsam rüttelten und schoben sie an dem Fenster herum, während es im Raum kälter und kälter wurde. Ich kniete mich hin und drückte mich an Rabaukes warmes Fell.

„Bitte mal anheben ... Ja, gut so. Und jetzt ... hau ruck!“, keuchte der Schamane. Das Fenster schloss sich mit einem scheußlichen Quietschen.

„Autsch!“, stöhnte Felix und hielt sich die linke Hand.

„Oh je“, seufzte der Schamane. „Na, hoffentlich war das kein rostiger Nagel.“

„Nein, nur ein ziemlich dicker Holzsplitter“, erklärte Felix und zog ihn sich aus dem Finger.

Ich kramte ein sauberes Taschentuch hervor und gab es ihm.

„Jedenfalls danke für deine Hilfe“, sagte Herr Jensen.

„Keine Ursache“, meinte Felix. Und dann sah er für einen kurzen Moment zu mir herüber. Ich schaffte es tatsächlich ihn anzulächeln, aber dann merkte ich, wie ich schon wieder rot wurde. Schnell drehte ich mich zu den Bücherstapeln um.

Der Schamane warf uns einen kurzen Blick zu, ging zum Schreibtisch und schaltete den Computer aus. „So, und jetzt hängt bitte eure Anoraks in der Halle rechts neben der Türe auf. Ich hole euch währenddessen einen heißen Kaffee. Ihr seid ja völlig durchgefroren.“

Als wir wieder ins Arbeitszimmer kamen, standen schon drei dampfende Tassen auf dem Schreibtisch. Herr Jensen hatte die Bücher zusammengeräumt und trug gerade zwei schwere alte Stühle heran. Neben Felix' Tasse lag ein Pflaster.

„Danke", sagte der und klebte es sich um den Finger.

Eigentlich trank ich zu Hause fast immer nur Kakao. Also goss ich mir so viel Milch wie möglich in den Kaffee, warf zwei Stücke Zucker hinein, rührte um und probierte. Uah, der war ganz schön bitter! Ich nahm mich zusammen, um nicht das Gesicht zu verziehen. Aber wenigstens wurde mir jetzt etwas wärmer.

Felix dagegen trank seinen Kaffee mit offensichtlichem Genuss. Er war ja auch drei Jahre älter als ich und hatte sich an das Zeug wohl schon gewöhnt. Insgeheim hoffte ich, dass er mich heute noch einmal so ansehen würde wie eben. Oder lieber doch nicht?

Während der nächsten halben Stunde versammelten sich alle Helfer im Arbeitszimmer. Der Raum war fast zu klein für all die Leute, die Kaffee tranken, redeten und lachten.

Wenig später kletterten wir nach oben auf den Dachboden. Jeder war mit einem Putzeimer, einem Handfeger und einer Kehrschaufel bewaffnet.

Pia schluckte, als sie den riesigen Raum sah. „Auweia. Der Schamane hat wirklich nicht zu viel versprochen. Schaut euch bloß mal diesen Mist an!"

Der Raum war bis unter die Decke voll gepackt mit schmutzigen alten Sachen. Und ekelhaft kalt war es auch. Ich war froh, dass ich einen warmen Pullover und eine dicke Jacke angezogen hatte.

Wir machten uns sofort an die Arbeit, räumten Schränke aus, entfernten Unmengen Staub, füllten Schmutz und Abfall in große Plastiktüten und brachten die sauberen Sachen mit Hilfe zweier Sackkarren die Treppe hinunter in ein paar leere Zimmer. Felix, Gregor und der Schamane schleppten die schweren Möbel in eine Ecke. Am Montag würden sich die Bauarbeiter mit einem Umzugskran um sie kümmern.

Trotz des ganzen Drecks und der Plackerei machte uns die Arbeit Spaß, denn wir fanden eine Menge toller Sachen. Eine alte Standuhr aus Eichenholz, eine Jugendstil-Lampe, Wandleuchter, Marien- und Heiligenfiguren aus Holz oder Gips, Vasen, vergilbte Bücher, einen Hirsch aus Porzellan, Messingkannen, buntes Geschirr ...

Lisa stieß sogar auf eine wurmstichige Truhe mit eingeschnitzten Blumen und der Aufschrift „Anno 1783“.

„Oh, schau mal!“, rief Felix irgendwann aus. Er untersuchte gerade den Inhalt eines klappringen Schrankes, den er soeben mit meiner Hilfe mühevoll von Staub und Spinnweben befreit hatte. Ich trat neben ihn und sah hinein. Da hingen lauter Kleider – lange Ballkleider aus glitzerndem Stoff, ein mit Pelz besetzter Mantel, schwarze Anzüge und sogar ein Hochzeitskleid!

„Was ist denn das?“, fragte ich und zog behutsam ein schwarzes flaches Ding zwischen zwei Schals hervor.

„Das ist ein Chapeauclaque, ein aufklappbarer Zylinder“, erklärte Felix. „Mein Großvater hatte auch so was.“ Er nahm ihn und schlug mit dem Rand schwungvoll gegen seinen Unterarm. Tatsächlich, mit einem Ruck klappte der Zylinder auf – und eine dicke Staubwolke schoss heraus. Wir husteten und lachten abwechselnd.

„Oh Mann, das ist ja ein Pferdebuch!“, rief Pia plötzlich.

„Wow!“, sagte Amelie. „Und was für eines ... Herr Jensen, kommen Sie mal bitte?“

Auch wir liefen eilig hinüber. Die beiden hatten die Schublade einer schweren Kommode geöffnet und ein dickes Buch herausgezogen. Pia schaute mit beinahe ehrfürchtigem Blick hinein. Ich trat hinter sie. Da war ein Pferd abgebildet – ein prächtiger, wunderschöner Hengst, der mit allen vier Beinen gleichzeitig in die Luft sprang. Kerzengerade saß ein Junge auf seinem Rücken. Um die beiden standen ein paar Männer herum und sahen zu. Die Szene schien in einer prachtvollen Halle zu spielen.

Der Schamane schob uns zur Seite. Vorsichtig blätterte er weiter. Viele Seiten des Buches waren mit einer altertümlichen, kaum lesbaren Schrift bedeckt, doch dazwischen gab es immer wieder Bilder mit herrlichen Pferden. Sie trabten stolz, galoppierten oder machten eigenartige Sprünge. Und immer wieder war auf ihrem Rücken der Junge zu sehen.

„Das ist ein waschechter Pluvinel“, sagte der Schamane. Er klang ganz ergriffen.

„Aha“, brummte Pia verständnislos.

Er lächelte. „Antoine de Pluvinel war ein großer Pferdekenner, wahrscheinlich der größte Reitmeister des gesamten 16. Jahrhunderts. Er hat sogar den französischen König Ludwig XIII. unterrichtet. Der war damals ungefähr so alt wie du heute, Pia. Pluvinels Wissen ist nach seinem Tod, anno 1623, in einem Buch veröffentlicht worden.“

„Cool“, meinte Lisa. „Sooo alt.“

Herr Jensen nickte. „Ja, fast vierhundert Jahre. In der Bibliothek unserer Universität hatten wir auch so ein Buch, und ich durfte einmal darin lesen. Manches, was Pluvinel mit den Pferden gemacht hat, klingt heute zwar befremdlich, aber man merkt trotzdem in jeder Zeile, dass er unglaublich viel vom Reiten verstanden hat.“ Fast liebevoll strich er über den abgewetzten Ledereinband. „Damals habe ich mich vor lauter Ehrfurcht kaum getraut die Seiten umzublättern. Und jetzt liegt genau so ein Buch hier oben auf dem Dachboden.“ Ungläubig schüttelte er den Kopf. „Das hier ist ein wirklicher Schatz – nicht nur finanziell gesehen. Da wird sich Marianne freuen!“

Ich hörte Schritte auf der Treppe. Im nächsten Moment stand Tante Adele in der Tür. „Das Mittagessen ist fertig! Es gibt Kartoffelsalat und Würstel.“ Erstaunt sah sie sich auf dem Speicher um. „Na, ihr wart’s aber schon mächtig fleißig.“

„Allerdings“, bestätigte der Schamane und lächelte uns an. „Wenn acht Leute arbeiten ... Ihr habt aber auch alle ganz schön geschuftet.“

Tatsächlich hatten wir mittlerweile schon weit über die Hälfte des Dachbodens leer geräumt.

„Dann werdet's heut ja wirklich noch fertig", meinte Tante Adele zufrieden. „So, jetzt aber marsch zum Essen, sonst werden mir noch die Würstel kalt."

Nach einer knappen Stunde Mittagspause standen wir wieder auf dem Dachboden. Die Arbeit machte jetzt nicht mehr so viel Spaß wie am Morgen – nicht nur, weil wir inzwischen alle schon ziemlich müde waren. Jetzt, wo wir im hinteren Teil des Raumes angekommen waren, fanden wir fast nur noch kaputte Bretter, zerbrochene Bodenfliesen und schmutzige Teppichreste. Und auch Felix sah ich kaum noch, denn er brachte zusammen mit Gregor und dem Schamanen die vollen Müllsäcke in den großen Container auf dem Hof.

Doch irgendwann war der Dachboden tatsächlich so gut wie leer geräumt. Nur in der hintersten Ecke stand noch eine morsche Truhe. Wir hatten sie unter ein paar schweren Brettern entdeckt und gründlich abgestaubt. Jetzt überlegten wir, was wir mit ihr machen sollten.

„Das Ding sieht ziemlich wackelig aus", meinte Amelie. „Am besten warten wir, bis der Schamane und die Jungs wieder da sind. Ich möchte jedenfalls nicht schuld daran sein, wenn hier noch was kaputtgeht."

Also setzten wir uns auf die Fensterbänke und

ruhten uns aus. Irgendwann hörten wir schwere Schritte auf der Treppe.

Lisa grinste. „Die haben es aber nicht gerade eilig."

„Ist ja auch kein Wunder", meinte Valentine. „Was die heute alles geschleppt haben."

Der Schamane kam als Erster durch die Tür. „Na, was haben wir denn da noch?", fragte er. Es klang eher müde als erfreut. „Eine schöne Truhe, sieht aber leider ziemlich kaputt aus." Vorsichtig hob er den Deckel hoch, der sich quietschend eine Handbreit öffnete und dann festklemmte.

Ich gab ihm eine Taschenlampe, und er leuchtete hinein. „Sieht leer aus ... Halt, auf dem Boden liegt eine flache Kiste, glaube ich. So genau kann ich das nicht erkennen. Hmm." Er schaltete die Lampe aus.

„Vielleicht sollten wir die Truhe zerlegen?", schlug Pia vor.

Der Schamane schüttelte den Kopf. „Ich verstehe ja nicht viel von alten Möbeln. Aber ich fürchte, dass man das gute Stück hinterher nicht mehr richtig zusammensetzen kann, weil es so brüchig ist. Und das wäre wirklich schade, denn es sieht uralt aus. Na, wir sollten wenigstens versuchen, es im Ganzen wegzutragen."

„Also gut", seufzte Gregor und rieb seine schmerzenden Hände. Die drei gingen in die Hocke und versuchten das schwere Möbelstück hochzuhieven. Tatsächlich ließ sich die Truhe ein kleines Stück anheben, doch dabei knarrte sie so laut, dass sie sie schnell wieder absetzten.

Der Schamane atmete tief durch und meinte dann: „Wir versuchen es noch ein letztes Mal. Wenn wir es nicht schaffen, lassen wir sie einfach stehen. Dann sollen sich die Restauratoren um sie kümmern."

Vorsichtig schoben die drei noch einmal ihre Hände unter den Boden der Truhe. Sie ächzte und stöhnte.

„Hier bewegt sich was", keuchte Felix entsetzt.

„Loslassen!", rief der Schamane. Sie sprangen auseinander, als wäre ein Blitz zwischen ihnen eingeschlagen. Krachend brach die Truhe zusammen. Eine dichte Staubwolke hüllte uns ein. Wir husteten und wedelten mit den Armen.

Der Schamane seufzte enttäuscht. „Na, dann eben nicht. Jetzt machen wir halt die Trümmer gründlich sauber und legen sie dann neben den anderen Möbeln auf einen Haufen. Vielleicht können die Restauratoren doch noch was damit anfangen."

Langsam arbeiteten wir uns durch die zerbrochenen Bretter. Auf einmal rief Valentine aus: „He, da liegt ja wirklich was!" Behutsam schob sie das restliche Holz zur Seite. Tatsächlich – da war eine flache, etwas mehr als einen Meter lange Kiste. Sie war mit dicken, verrosteten Eisenbeschlägen geschmückt, die wie geschwungene Pfeile aussahen. Ein kleiner Riegel verschloss sie an der Seite.

„Sieht fast aus wie eine alte Schatzkiste", staunte Amelie.

Der Schamane wischte vorsichtig den Staub ab und drückte gegen den Verschluss, der sich mit leisem Quietschen öffnete. Dann hob er den Deckel hoch – und wurde kreideweiß.

Ich stellte mich hinter ihn und schaute ebenfalls in die Kiste.

„Was ist denn das für'n oller Kram?“, fragte Pia enttäuscht.

In der Kiste lagen lauter verrostete Eisenteile. Einige mussten einmal schön verziert gewesen sein, denn an manchen Stellen konnte ich noch goldfarbene verschlungene Muster erkennen.

Der Schamane sagte kein Wort.

„Schaut mal“, meinte Felix. „Das da sieht ja fast aus wie ein Schwert.“ Er streckte die Hand danach aus.

„Nicht anfassen!“, schrie der Schamane und packte ihn am Arm. Erschrocken sah Felix ihn an. Der Schamane ließ ihn los und holte tief Luft. „Das da ist ...“ Er schüttelte den Kopf.

„Nun reden Sie schon!“, rief Pia ungeduldig.

Er atmete noch einmal tief durch. „Das da ist die komplette Bewaffnung eines reichen Kriegers. Auf den ersten Blick vermute ich, dass sie aus dem 6. oder 7. Jahrhundert nach Christus stammt.“

„Moment mal“, warf Gregor ein. „Sie meinen im Ernst, dass das Zeug da 1300 Jahre alt ist?“

Der Schamane nickte. „Mindestens.“

„Wow!“, machte Lisa und starrte andächtig in die Kiste.

Dr. Jensen zeigte auf ein langes Eisenteil. „Schaut mal, das da ist wirklich ein Schwert. Seine Parierstange ist wahrscheinlich mit Rubinen besetzt. Man kann das schlecht erkennen, weil alles so schmutzig ist. Der Griff und das halbrunde Ding daneben haben einmal zu einem Schild gehört." Er schob das runde Teil vorsichtig zur Seite. „Es scheint, als hätte dieser Mann auch ein Pferd gehabt. Seht ihr, dort liegt nämlich eine Trense. Die kleinen Beschläge und Schnallen darunter waren wahrscheinlich Teile eines Pferdegeschirrs. Und das große geschwungene Stück Metall dahinten – das war wohl der Schmuck für einen Sattel."

Behutsam strich er über die Holzkiste. „Diese Dinge müssen aus einem Grab von einem sehr reichen Mann stammen. Vielleicht ist er sogar mit seinem Pferd zusammen beerdigt worden. Das war nämlich durchaus üblich. Seltsam ... Normalerweise finden Archäologen so etwas bei einer Ausgrabung – wenn sie ganz großes Glück haben. Wie kommt das bloß hierher?"

Valentine zeigte in eine Ecke der Kiste. „Da, unter dem Schwert liegt so was wie ein Zettel."

Langsam und vorsichtig zog der Schamane ein Stück schmutziges Pergament hervor. „Das ist die Schrift des 14. oder 15. Jahrhunderts", meinte er und warf einen kurzen Blick darauf. „Aha, da haben wir die Erklärung. Hier heißt es auf Lateinisch: ‚Dies sind die Waffen des berühmten Ritters von Bischofsfelden, wie ich sie in seinem Grab gefunden habe.' Und darunter steht in großen Buchstaben: ‚Requiescat in pace', also: ‚Er ruhe in Frieden'. Wer immer diese Sachen gefunden hat, muss ein sehr schlechtes Gewissen gehabt haben, weil er die Ruhe des Toten gestört hat." Er dachte kurz nach. „Hier im Tal gibt es tatsächlich eine Sage, die von einem Ritter von Bischofsfelden erzählt. Marianne hat mal so was angedeutet. Ich muss sie unbedingt danach fragen. Oder weiß jemand von euch etwas darüber?"

Wir schüttelten die Köpfe.

„Meinen Sie, derjenige, der den Zettel geschrieben hat, hat das Grab dieses sagenhaften Ritters entdeckt?", fragte Amelie aufgeregt.

Der Schamane wiegte den Kopf. „Nein, das glaube ich nicht. Dieser Mensch – oder jemand vor ihm – hat das Grab irgendeines Reiterkriegers gefunden und es mit der Sage in Verbindung gebracht. Oder die Geschichte ist überhaupt erst entstanden, nachdem dieser Fund ans Licht gekommen war. Wie auch immer – die Sage um den Ritter von Bischofsfelden müsste demnach mindestens fünfhundert Jahre alt sein."

Vorsichtig schloss er die Kiste und klemmte sie sich unter den Arm. „Wir müssen unbedingt das Bayerische Landesamt für Bodendenkmalpflege verständigen. Ein alter Freund von mir arbeitet dort. Schade, dass heute Samstag ist. Ich kann es gar nicht erwarten, ihn mit diesem Fund zu überraschen. Könnt ihr die Truhe alleine wegräumen? Ich bringe die Kiste ins Arbeitszimmer, dann mache ich uns eine große Kanne heißen Kakao und hole beim Bäcker ein Tablett mit Kuchen. Das muss schließlich gefeiert werden!" Langsam stand er auf.

„Sie sehen aus, als hätten Sie richtig weiche Knie", meinte Lisa.

Der Schamane lachte. „Ja, das stimmt. Wisst ihr, die Sachen in dieser Kiste haben einen unendlich großen Wert. Und wenn ich das sage, denke ich gar nicht ans Geld. Falls der Mann mit seinen prachtvollen Beigaben wirklich in Bischofsfelden begraben wurde, dann müsste es hier eigentlich schon um 600 nach Christus eine Siedlung gegeben haben." Er schüttelte noch einmal den Kopf. „Dieser Fund hier wirft sämtliche geschichtlichen Erkenntnisse über den Haufen. Bisher hat man nämlich angenommen, dass Berchtesgaden und seine Umgebung erst etwa 500 Jahre später besiedelt worden sind. Unser Schatz ist da eine echte Sensation. Er wird noch einige Forschungen nach sich ziehen."

„Echt? Welche denn?", fragte Amelie gespannt.

„Die Historiker werden alte Quellen wälzen, und die Archäologen werden vielleicht Ausgrabungen in Bischofsfelden machen. Und ..."

Nachdenklich fuhr sich der Schamane durch die Haare.

„Was denn?" Pia platzte fast vor Neugier.

Dr. Jensen grinste schief. „Es könnte sogar sein, dass die ersten Grabungen hier bei uns auf dem Mandlhof durchgeführt werden. Na, das kann ja heiter werden: Ein Hof voller Reitschüler, eine Pension mit Touristen, außerdem Restauratoren und Bauarbeiter, die überall herumwuseln, und mittendrin ein Team von Archäologen ... Na ja, aber wer weiß, was am Ende wirklich passiert. Erst mal abwarten und Tee trinken."

„Kakao", verbesserte Felix ihn.

Der Schamane lächelte. „Ja richtig, Kakao."

Dann ging er vorsichtig die Treppe hinunter. Dabei hielt er sich mit der linken Hand am Geländer fest.

„Ich glaube, er stellt sich die Kiste diese Nacht unter sein Bett und legt einen geladenen Revolver unter sein Kopfkissen", meinte Pia und grinste.

Gregor nickte. „Gut möglich", meinte er. „Aber ich täte an seiner Stelle genau das Gleiche."

Gegen Abend verließen wir das Schlösschen, gestärkt mit ein paar Tassen warmem Kakao und Unmengen Kuchen. Der Schneesturm hatte aufgehört, und ich atmete tief die kalte klare Luft ein.

Plötzlich rief Gregor: „Wartet mal!" und rannte in Richtung Kapelle.

Jetzt erkannte ich auch die krumme Gestalt, die langsam die Treppe hinaufstieg. Gregor ging auf Frau Oberwaldner zu und hielt ihr den Arm hin.

„Oha, nun wird es ja noch mal spannend", meinte Lisa.

Wir warteten ungeduldig, bis Gregor endlich zurückkam.

„Es klappt!", rief er uns schon von weitem zu. Jubelnd fielen wir uns in die Arme.

„Am Montag treffen wir uns nach der Reitstunde bei Oberwaldners in der Küche", fuhr Gregor fort, als er atemlos neben uns anhielt. „Dort müssen wir uns genau überlegen, wie wir die Aktion durchziehen. Wir haben dann ja nur noch knapp zwei Wochen Zeit. Ach ja, Frau Oberwaldner rät uns, niemandem von unserem Plan zu erzählen – höchstens unseren Eltern. Sonst könnte am Ende doch noch jemand vom Gemeinderat Lunte riechen und versuchen Ärger zu machen."

Pia streckte sich und gähnte. „Mann, was für ein aufregender Tag!", seufzte sie zufrieden. „Wenn mir nur meine Knochen nicht so wehtäten. Also, ich freue mich jetzt auf ein heißes Bad."

„Ich muss euch leider auch verlassen", meinte Amelie. „In zehn Minuten fährt mein Bus."

Langsam löste sich die Gruppe auf, und irgendwann standen nur noch Felix und ich vor dem Schlösschen.

„Wann geht dein Zug?", fragte ich ihn.

„Leider erst in einer dreiviertel Stunde", erwiderte er müde.

Ich sah ihn von der Seite an. „Kennst du eigentlich meinen Nori?", fragte ich.

„Nein", meinte er überrascht. „Aber ich habe schon einiges von ihm gehört. Er muss ja ein tolles Pferd sein. Ich würde ihn gerne irgendwann mal kennen lernen."

„Der Hof der Kleinerts liegt hier ganz in der Nähe und außerdem direkt auf dem Weg zum Bahnhof", erklärte ich, und mein Herz begann wild zu pochen. „Hättest du nicht Lust, dir Nori jetzt anzuschauen?"

„Klar doch." Felix lächelte mich an. Nebeneinander gingen wir durch den Schnee zu Kleinerts Hof.

„Warte am besten hier, ich hole ihn raus", sagte ich, als wir vor dem Pferdestall standen. Ich ging hinein und nahm Noris Halfter. „Na, mein Schatz?", murmelte ich, während ich seine Box betrat. Er drehte mir seinen schönen Kopf zu und sah mich erwartungsvoll an. Zum Glück hatte er sich heute weder im Paddock gewälzt, noch sich in seinem Stall in den Mist gelegt. Ich zupfte ein paar Strohhalme aus seiner Mähne und streifte ihm das Halfter über. Dann führte ich ihn nach draußen und schaltete im Vorbeigehen das Außenlicht an.

„Der ist aber wirklich schön", sagte Felix. Bewundernd ging er um ihn herum. Ich glühte vor Stolz.

Felix hielt Nori seine Hand vor die Nüstern, damit er daran schnuppern konnte. „Er scheint ja sehr brav zu sein", meinte er dann. „Viele Hengste hätten jetzt versucht, mich kräftig zu zwicken. Ich verstehe echt nicht, warum so ein liebes, hübsches Pferd zum Schlachter sollte." Er streichelte über Noris lange weiße Mähne.

Ich zuckte die Schultern. „Den Reitern war er zu schwer, und den Bauern war er zum Arbeiten zu leicht. Ein älterer Herr wollte ihn seiner Enkelin schenken, aber dann kam er zu dem Schluss, dass Nori für so ein unerfahrenes Mädchen doch noch zu jung war. Er ist eben durch sämtliche Raster gefallen. Aber das ist ja jetzt egal."

Felix nickte. „Vielleicht war es ja auch Schicksal.

Es kann doch sein, dass Nori und du einfach zusammengehören." Er lächelte mich an und sah mir in die Augen.

Meine Knie fühlten sich sofort wieder wackelig an, deshalb lehnte ich mich an Nori und kraulte ihn zwischen den Ohren.

„Ich werde in den nächsten zwei Wochen nicht zum Mandlhof kommen können", sagte Felix nach einer Weile bedrückt.

„Oh, warum denn nicht?", fragte ich. Meine Stimme klang enttäuschter, als ich es gewollt hatte.

Felix hob bedauernd die Hände. „Die Frau meines Lehrers bekommt im Frühling ein Kind. Darum hat er unsere große Klassenfahrt um ein paar Monate vorverlegt. Also fahren wir am Montag für knapp zwei Wochen nach Rom. Wir kommen erst am übernächsten Samstag zurück." Er seufzte. „Im Moment habe ich gar keine Lust. Wenn ich bedenke, was ich hier alles verpasse ... Sage bitte morgen den anderen, dass sie mich bei der Unterschriftensammlung einteilen können, wie sie wollen. Ich mache ja beim Georgiritt nicht mit. Am Samstagabend werde ich dann bei dir anrufen und fragen, was ihr für den Sonntag geplant habt."

Ich nickte traurig. Zwei Wochen ohne Felix – das erschien mir wie eine Ewigkeit.

Da legte sich seine Hand wie zufällig auf meine. „Nina ...", begann er zögernd. „Ich ..."

Plötzlich flog das Hoftor auf, und Frau Kleinerts Kinder stürmten herein.

Schnell zog Felix die Hand weg und trat einen Schritt zurück. Schon waren wir von neugierigen Kindern umringt.

„Wer bist denn du?", fragte der fünfjährige Tim.

„Ich heiße Felix Norbert."

„Aha, der Junge von der Tragtierkompanie? Nina hat schon sooo viel von dir erzählt", meinte Daniela, Friederikes Älteste.

Ich wurde knallrot. Kleinerts hatten ja wirklich nette Kinder, aber jetzt hätte ich sie am liebsten zum Mond geschossen.

„Genau der", meinte Felix lächelnd.

Jetzt trat auch Friederike mit ihrem Jüngsten auf dem Arm zu uns. Sie warf uns einen schnellen Blick zu. „Nun aber ab mit euch ins Haus", sagte sie zu ihren Kindern. „Es ist schon spät, und ihr müsst noch baden und essen, bevor ihr ins Bett geht." Ein wenig mitleidig lächelte sie uns an. „Tschüss, ihr beiden." Dann verschwand mit sie mit ihren maulenden Kindern im Haus.

Felix sah auf seine Uhr. „Oh Mann, jetzt muss ich mich aber beeilen, sonst verpasse ich noch meinen Zug", rief er erschrocken aus. „Also Nina ..." Er stockte kurz. „Dann bis bald!" Er winkte mir zu und rannte los.

Seufzend lehnte ich mich an Noris Hals. Verdammt, jetzt war er weg. Dabei war es gerade so schön gewesen. Endlich waren wir mal allein – und ausgerechnet da mussten diese plärrenden Kinder auftauchen! Es war wirklich wie verhext.

Ich brachte Nori zurück in den Stall und hockte mich in eine Ecke der Box. Nori kam zu mir und fuhr mir mit seinen weichen Lippen durchs Haar.

„Mein lieber, guter Nori“, sagte ich leise und streichelte ihm über die weichen Nüstern. „Was täte ich bloß ohne dich?“

Der Tag der Entscheidung

Schrill klingelnd riss mich der Wecker aus meinen Träumen. Ich stellte das blöde Ding ab und zog mir die Decke über den Kopf.

Diese Nacht war ich erst ganz spät eingeschlafen. Um halb vier hatte ich das letzte Mal auf die Uhr geschaut und mich danach noch mindestens eine halbe Stunde unruhig im Bett hin und her gewälzt.

Heute war der Sonntag des Georgirittes gekommen. Es war sieben Uhr in der Frühe – und Felix hatte immer noch nicht angerufen. Gestern hatte ich bis Mitternacht auf ihn gewartet, doch dann war ich ins Bett gegangen und hatte versucht zu schlafen. Jetzt hatte ich so schlechte Laune, dass ich am liebsten im Bett geblieben wäre. Dabei hatte ich mich doch so auf diesen Tag gefreut!

Ich nahm meine Reitsachen, schlich die Treppe hinunter, duschte und zog mich an. Dann machte ich einen Becher Kakao in der Mikrowelle heiß und würgte ein halbes Croissant hinunter.

Der Tag gestern hatte doch so gut angefangen. Den ganzen Nachmittag über hatte ich mit Friederike und ihren beiden ältesten Kindern die Pferde auf Hochglanz gebracht, ihre Geschirre eingefettet und mit Plastikblumen und geflochtenen Bändern geschmückt. Anschließend hatte ich noch einmal auf dem Mandlhof vorbeigeschaut. Dort herrschte eine Atmosphäre wie in einem Bienenstock. Überall waren Reiterinnen mit Putzkästen und Pferdeschmuck herumgewuselt, Gemeindearbeiter hatten wie wild gehämmert und geklopft, um auf dem Hof Barrieren zu bauen und an der Kapelle das Podest für den Pfarrer zu errichten. Dazwischen waren Frau Seeberg, Tante Adele und der Schamane herumgerannt, hatten Blumenschmuck aufgestellt, Fahnen hochgezogen und versucht, irgendwie den Überblick über das Chaos zu behalten. Eine gespannte, fröhliche Stimmung hatte in der Luft gelegen.

In diesem Moment klingelte das Telefon. Vor Schreck wäre mir beinahe das Croissant aus der Hand gefallen. Wie elektrisiert sprang ich auf und stieß den Küchenstuhl um, der mit einem lauten Poltern auf den Boden fiel. Ich griff nach dem Hörer. „Weißgerber", keuchte ich.

„Felix hier. Guten Morgen", erklang es am anderen Ende der Leitung im selbstverständlichsten Tonfall der Welt.

Ich atmete tief durch. „Warum hast du denn gestern Abend nicht angerufen?", fragte ich. Verdammt, warum zitterte meine Stimme bloß so?

„Oh, entschuldige bitte!“ Felix klang jetzt doch etwas verlegen. „In Rom hat der totale Schneesturm getobt, und wir sind einfach nicht weggekommen. Weißt du, wann ich zu Hause war? Um halb eins! Da konnte ich ja nicht mehr bei euch anrufen!“

Ich sank auf einen Stuhl. Okay, das war eine logische Erklärung für seinen verspäteten Anruf. „Hauptsache, du meldest dich überhaupt“, sagte ich, und meine Stimme klang zum Glück wieder normal. „Du hättest uns heute bei der Unterschriftensammlung nämlich wirklich gefehlt.“

Felix lachte. „Na, dann schieß mal los. Wie soll's denn heute laufen?“

„Um zehn beginnt der Georgiritt“, erklärte ich. „Die meisten von uns reiten ja mit, darum bist du von halb zehn bis zwölf auf dem Oberwaldnerhof eingeteilt. Andi wird auch da sein. Sie ist schon so oft beim Umritt dabei gewesen, dass sie dieses Jahr darauf verzichten will. Amelie hilft euch auch, weil ihr Pflegepferd sich am Bein verletzt hat. Und Lisa kommt ebenfalls dazu; sie hat sich eine Leistenzerrung geholt und darf im Moment nicht reiten. Ihr vier müsstet also gut über die Runden kommen, bis Pia, Gregor, Valentine und ich euch gegen Mittag ablösen.“

„Na wunderbar“, meinte Felix. „Und jetzt sag mal – wie geht's dir denn so?“

Da hörte ich im Hintergrund die Stimme seines Vaters. „In einer halben Stunde muss ich in der Kaserne sein“, rief er. „Wenn du mit nach Bischofsfelden willst, musst du in zehn Minuten im Auto sitzen. Hast du wenigstens gefrühstückt?"

Felix seufzte. „Papa macht mal wieder Hektik. Ich muss Schluss machen, fürchte ich. Also bis gleich. Ich freue mich schon!" Damit legte er auf.

Ich blieb noch ein paar Minuten auf dem Stuhl neben dem Telefon sitzen. Ich war so froh, dass Felix sich gemeldet hatte. Und ich würde ihn heute wieder sehen. Der Tag war gerettet! Leise singend stand ich auf und räumte die Küche auf.

Feierlich läuteten die Glocken, als unser langer Zug von Reitern und Pferden von der Bischofsfeldener Pfarrkirche aus losritt. Stolz wie eine Königin saß ich auf meinem Nori, der ruhig neben Morgentau und Nepomuk herging und sich nur hin und wieder neugierig umsah. Ich hatte in den letzten beiden Wochen noch hin und her überlegt, ob ich wirklich am Georgiritt teilnehmen sollte, aber jetzt bereute ich es nicht.

„Mach dir keine Sorgen!", hatte Tante Adele zu mir gesagt. „Der Nori ist den Krach und die vielen Menschen wirklich gewöhnt. Warte ab – wahrscheinlich ist er ruhiger als du."

Sie hatte Recht behalten. Mein Liebling sah in der strahlenden Wintersonne wunderschön aus. Eigentlich hatte ich seine lange Mähne ja in dünne Zöpfchen flechten und mit Plastikblumen schmücken wollen. Aber heute Morgen hatte plötzlich Tante Adele bei Friederike im Stall gestanden. Sie hatte eine eigenartige riesengroße Perücke aus langem weißen Kunsthaar im Arm gehalten, die mit Blumen und bunten Bändern zu einer prachtvollen Frisur verflochten war.

„Das hier ist unser traditioneller oberbayerischer Rösserschmuck“, hatte sie gesagt. „Im letzten Jahr haben wir ihn noch Noris Mutter angelegt, dem lieben Mariechen. Als der Bertlhof verkauft worden ist, habe ich ihn als Erinnerung mitgenommen. Eigentlich wollt ich ja nicht, dass ihn noch jemals wieder ein Pferdl trägt. Aber gestern dachte ich, wo doch Mariechens Sohn beim Georgiritt mitgeht, soll er ihren Schmuck bekommen.“

Gerührt hatte ich sie in den Arm genommen. Das war wirklich lieb von ihr. Jetzt ritt ich stolz auf meinem prachtvollen Nori. Ich fand, dass er das schönste Pferd im ganzen Zug war. Immer wieder sah ich, wie die Leute auf ihn zeigten und bewundernd über ihn sprachen.

„Schau mal, Papa, das Pferd da hat ja Flecken!“, rief ein kleines Mädchen, das auf den Schultern seines Vaters saß. Ich winkte ihm fröhlich zu.

Die Straßen waren gesäumt von dichten Menschentrauben. Ich reckte mich und suchte nach Bekannten. Tatsächlich – dahinten vor dem großen Bauernhaus standen meine Eltern. Und fast direkt gegenüber entdeckte ich Frau Reichholt. Im Sommer hatte sie sich überlegt, ob sie sich Nori zusammen mit ihrer Freundin kaufen sollte, doch die hatte ihr am Ende einen Strich durch die Rechnung gemacht. Damals war meine Enttäuschung riesengroß gewesen.

Jetzt hatte sie uns entdeckt. Sie machte große Augen, dann strahlte sie über das ganze Gesicht und winkte uns wild zu. Ich hob grüßend die Hand und lachte zurück. Ja, dachte ich, der Nori lebt und ist jetzt mein Pferd. Ist das nicht toll?

Vor uns machte die Straße eine scharfe Kurve. Gleich würde das Schlösschen des Mandlhofes mit dem riesigen Sankt-Georgs-Gemälde auf seiner Außenwand in Sicht kommen.

Ein paar Fahnen schwenkende Jungen gingen am Anfang des Zuges, dann folgte ein „Sankt Georg“ in einer schweren Eisenrüstung auf einem mächtigen schwarzen Kaltblut. In der traditionellen Ordnung folgten ihm die Reiter und Pferde des Mandlhofes mit Frau Seeberg an der Spitze. Ihnen hatte sich Friederike auf Morgentau und ihre Tochter auf Nepomuk angeschlossen. Und Nori und ich. Hinter uns kamen Wagen mit Kostümgruppen Frauen in Trachten, Blaskapellen, berittene Polizisten, Abteilungen mit Reitern – und irgendwo dazwischen marschierten wie jedes Jahr einige Mitglieder der Gebirgs-Tragtierkompanie. Ich musste an Felix denken. Gleich würde ich ihn endlich wieder sehen!

Dann kam der Oberwaldnerhof in Sicht. Das große Plakat, das Andi und Amelie gemalt hatten, hing an der Stirnseite des Gebäudes. „Wir sammeln Unterschriften gegen Schlachtviehtransporte. Bitte unterstützen Sie uns!“, stand darauf zu lesen.

„Aha", sagte Friederike und lächelte mich an. „Jetzt weiß ich, warum ich Nori nachher mitnehmen und versorgen soll. Na, da habt ihr euch ja was Tolles überlegt. Hier auf dem Georgiritt bekommt ihr sicher ganz viele Unterschriften."

Kurz vor der Sankt-Georgs-Kapelle kam unser Zug ins Stocken. Ich stellte mich in den Bügeln auf und suchte nach Felix. Und dann entdeckte ich ihn. Er stand im Hoftor, darauf bedacht, nicht auf die Straße und damit auf öffentliches Gelände zu treten. In seinem Arm hielt er ein dickes Paket mit Informationsblättern. Tatsächlich stoppten immer wieder Leute bei ihm und bedienten sich. Aber kaum jemand ging über den Hof in Richtung der Waschküche, die wir gestern für unsere Unterschriftensammlung hergerichtet hatten.

Jetzt hatte Felix mich gesehen. Er lächelte mich an. Ich winkte und warf ihm einen fragenden Blick zu. Mit traurigem Gesicht hob er die rechte Hand und zeigte mit seinem Daumen nach unten.

Die Unterschriftensammlung hatte also bisher wenig Erfolg gehabt. Ich seufzte enttäuscht.

„Es läuft wohl nicht so toll, was?", meinte Friederike, die uns beobachtet hatte. „Aber wartet mal ab. Im Moment wollen sich die Leute noch den Umritt ansehen. Möglich, dass es danach besser für euch aussieht."

Ich zuckte die Schultern. Hoffentlich hatte sie Recht. Wir hatten uns so viel Mühe gegeben! Allein schon der lange Kampf, bis wir unseren Plan überhaupt durchführen konnten! Wenn das jetzt alles umsonst gewesen wäre ...

Ich musste mich wieder auf Nori konzentrieren, denn jetzt ritten wir durch das Tor des Mandlhofes.

„Oh“, sagte ich erstaunt. Die Straßen waren ja schon voll gewesen, aber der große Innenhof quoll regelrecht über vor Menschen. Wenn die Gemeindearbeiter gestern nicht eine Absperrung für uns Reiter gebaut hätten, wären wir heute wahrscheinlich gar nicht durchgekommen. Trotzdem herrschte so eine feierliche Stimmung, dass auch ich davon erfasst wurde.

Einer nach dem anderen ritten wir jetzt an dem Podest vorbei und ließen unsere Pferde vom Pfarrer segnen. Ich war eigentlich kein übermäßig frommer Mensch, aber trotzdem betete ich innerlich mit: Lieber Gott, bitte beschütze den Nori. Sorge dafür, dass er gesund bleibt und ein schönes langes Leben hat. Und hilf uns bei der Unterschriftensammlung und lass diese fürchterlichen Schlachtviehtransporte bald aufhören.

Da waren wir schon an dem Podest vorbeigeritten und verließen den Mandlhof in Richtung der Reitplätze. Der Ritt war für uns zu Ende.

Schnell sprang ich aus dem Sattel und gab Friederike Noris Zügel.

„Viel Erfolg!“, rief sie mir zu und machte sich auf den Nachhauseweg.

Ich lief von außen um den Mandlhof herum und drängte mich durch die Zuschauer. Dann ging ich zwischen den Pferden hindurch, die immer noch in einer langen Schlange auf der Straße standen und auf ihren Segen warteten.

Ich sah mich um. Von Felix war weit und breit nichts zu sehen. Stattdessen stand Amelie am Hoftor und verteilte die Zettel.

„Und, wie läuft's?", fragte ich.

Sie zuckte die Schultern. „Bisher sind nur wenige Leute zum Unterschreiben gekommen. Drinnen in der Waschküche herrscht der totale Frust. Und jetzt ist auch noch der Computer ausgefallen." Gregor hatte uns seinen PC geliehen, damit einer von uns die Namen der Unterschreibenden sofort eintippen konnte. So wollten wir vermeiden, dass jemand doppelt oder gar dreifach unterzeichnete und so das Ergebnis unserer Sammlung verfälschte.

Ich ging in die Waschküche. Felix saß am Computer und Gregor stand in Anorak und Reitstiefeln daneben und starrte mit gerunzelter Stirn auf den Bildschirm. Hinter mir drängte sich Pia durch die Tür. Sie hielt eine Thermoskanne in der Hand und goss den beiden zwei Tassen Kakao ein.

„Verdammt, was ist denn nur los mit dem Ding?", schimpfte Felix und bearbeitete wieder die Tastatur.

„Hallo", sagte ich leise, doch die beiden sahen nicht einmal auf.

Enttäuscht blieb ich stehen. Das war ja ein toller Empfang nach zwei Wochen Abwesenheit!

Felix diskutierte angespannt mit Gregor und würdigte mich keines Blickes. Ich fühlte, wie mir die

Tränen in die Augen stiegen. Schnell ging ich ins Nebenzimmer, wo unsere Mäntel hingen, und hockte mich auf das alte Sofa, das an der Wand stand. Anscheinend hatte Felix es sich anders überlegt. Vielleicht war auf der Klassenfahrt irgendwas passiert. Oder er hatte in den zwei Wochen festgestellt, dass er doch nicht in mich verliebt war.

Ich schluckte und starrte auf den Boden. Ein dicker Kloß steckte in meiner Kehle. Aber ich wollte auf keinen Fall vor Felix losheulen. Ich atmete tief durch und versuchte mich zu beruhigen.

Da ertönte lautes Rumoren aus der Waschküche. Es klang, als wären dort plötzlich ganz viele Leute.

Entschlossen stand ich auf, ging zum Waschbecken und ließ mir kaltes Wasser über das Gesicht laufen. Dann trocknete ich mich ab und lief zur Tür. Überrascht prallte ich zurück.

Die Waschküche war voll gestopft mit Menschen. Sie quetschten sich in den großen Raum, drängten sich zur Türe hinaus – und durch eines der großen Fenster konnte ich sehen, dass sich quer über den Oberwaldnerhof eine lange Schlange gebildet hatte. Und immer noch kamen Leute durch das Tor.

Gregor, Pia und Valentine saßen hinter den langen Tischen und konnten gar nicht schnell genug Listen und Kugelschreiber verteilen. Felix tippte wie wild Namen und Adressen in den Computer, der anscheinend wieder funktionierte. Als ich neben ihn trat, sah er mich entgeistert an. „Wo kommst du denn plötzlich her?“

„Oh“, sagte ich spitz. „Ich bin schon eine ganze Weile hier, aber du hast mich wohl übersehen.“

Felix sah mich überrascht an. „Tut mir Leid, das habe ich gar nicht mitgekriegt, ehrlich. Zuerst haben wir diesen blöden Computer nicht ans Laufen gekriegt, und dann war hier plötzlich die Hölle los ...“

Ich grinste schief.

„Seid so gut und unterhaltet euch später“, knurrte Gregor. „Wir brauchen dich hier dringend, Nina. Wo hast du bloß so lange gesteckt?“

„Felix, speicher doch bitte die Namensdatei ab und drucke uns ein paar Listen aus!“, rief Pia. „Wenn das so weitergeht, haben wir sonst nämlich bald keine mehr. Und komm am besten sofort zu mir, Nina!“ Ich stürzte zu ihr hin.

Die Leute rissen uns die Blätter beinahe aus den Händen. Ich verteilte Kugelschreiber und sammelte Listen ein, reichte sie an Felix weiter und beantwortete Fragen. Unzählige Male hörten wir Kommentare wie: „Gut, dass ihr so was macht!“ Oder: „Ich wollte schon immer mal meine Meinung über diese furchtbare Tierquälerei loswerden!“ Aber ich registrierte meistens gar nicht, von wem sie kamen. Irgendwann stand plötzlich ein großes Papptablett mit Kuchen vor unserer Nase. Wir hatten keine Ahnung, bei wem wir uns bedanken sollten.

„Ausgerechnet von der Konditorei Oswieninger“, bemerkte Pia grinsend, während sie mit der linken Hand Stifte ausgab und mit der rechten Unterschriftenlisten aufeinander legte. „Hoffentlich ist das kein

Geschenk des Hauses! Sonst könnte es nämlich sein, dass ein bisschen Gift drin ist."

Felix lachte.

„Der ist auch leer", meldete sich ein älterer Herr und reichte mir einen Kugelschreiber. Oh nein! Jetzt hatten wir bald gar nichts mehr zum Schreiben.

„Ich laufe schnell zum Mandlhof und leih mir dort ein paar Stifte!", rief ich, sprang auf, drängte mich durch die vielen Leute und überquerte die Straße. Vor dem Mandlhof bremste ich abrupt.

Der Platz vor der Kapelle sah chaotisch aus. Überall lagen Pferdeäpfel und Berge von Müll. Dazwischen standen einsam und verlassen die Barrieren. Sie waren an mehreren Stellen zerbrochen.

Ein paar Gemeindearbeiter waren dabei, das Podest abzubauen. Die ganze Belegschaft des Mandlhofes – Frau Seeberg, Tante Adele, die Bereiterin Anne, der Lehrling Suse und Sepp, der Pferdepfleger – war mit Saubermachen und Aufräumen beschäftigt.

Oh Mann, dachte ich, dass der Georgiritt so viel Arbeit macht – und wahrscheinlich bekommt Frau Seeberg von der Gemeinde nicht mal Geld dafür. Hoffentlich gibt es wenigstens einen ordentlichen Zuschuss für die Restaurierung der Kapelle!

Ich spurtete wieder los und wäre fast mit dem Schamanen zusammengestoßen, der gerade mit einem vollen Müllsack auf der Schulter aus dem Schatten des Schlösschens trat.

„Hoppla, brennt's irgendwo?", fragte er.

„Nee, aber drüben auf dem Waldnerhof sind fast

alle Stifte leer", keuchte ich. „Wir brauchen so schnell wie möglich neue. Können Sie uns welche leihen?"

„Klar", meinte er, stellte den Sack ab und ging eilig mit mir ins Arbeitszimmer. Er zog die oberste Schublade des Schreibtisches auf, nahm eine Hand voll Kugelschreiber heraus und steckte sie in eine leere Plastiktüte.

„Danke!", rief ich, nahm die Tüte und wollte schon wieder losrennen. Doch da stand Frau Seeberg in der Tür.

„Warum habt ihr mir nichts von der Unterschriftensammlung gesagt?", fragte sie überrascht. „Ich hätte euch doch einen Raum auf dem Mandlhof zur Verfügung stellen können."

Ich lächelte verlegen. „Ja, das war so", druckste ich herum. „Zuerst hatten wir bei der Gemeinde Bischofsfelden ganz offiziell einen Stand für die Unterschriftensammlung beantragt, aber der wurde leider abgelehnt", erklärte ich.

„Das gibt's doch nicht", meinte Frau Seeberg empört.

„Leider doch", bestätigte ich. „Die hatten wohl Angst, dass die schlimmen Bilder von den Schlachtpferdetransporten den Leuten die Laune, oder besser gesagt den Appetit verderben könnten und die Geschäftsleute weniger Umsatz machen würden. Na ja, und wir haben doch gewusst, dass Sie für die Restaurierung der Kapelle auf einen Zuschuss von der Gemeinde angewiesen sind. Also konnten Sie doch keinen Ärger brauchen! Da haben uns halt die Oberwaldners geholfen. “

Frau Seeberg lachte. „Na, ihr seid ja wirklich eine gerissene Bande“, meinte sie vergnügt. „Also, dann noch viel Erfolg!“

Ich flitzte los. In der Eingangshalle hörte ich noch, wie der Schamane sagte: „Ich hab dir doch gleich gesagt, dass sie sich was dabei gedacht haben!“ Dann war ich schon durch die Tür.

Am späten Nachmittag war unsere Aktion endlich beendet. Müde hockten wir vor einem riesigen Berg von Unterschriftenlisten. Gregor saß am Computer und tippte Namen über Namen ein. Felix und ich sortierten unsere Stifte und die Kugelschreiber von Frau Seeberg auseinander, während Pia den völlig verdreckten Boden der Waschküche kehrte.

„Sag mal, Felix“, meinte Gregor plötzlich, „wie oft hast du schon diesen Heinrich Schmieder aus der Goethestraße in Rosenheim eingegeben?“

Felix grinste. „Zweimal, glaub ich. Warum?“

Gregor schüttelte den Kopf. „Dann hat er jetzt insgesamt fünfmal unterschrieben. Hat wohl gedacht, das nützt mehr. Na, er hat’s sicher nur gut gemeint.“

Die Tür zum Hof knirschte, und Amelie kam herein. „Ich habe kein Infomaterial mehr“, berichtete sie. „Aber draußen kommt auch kaum noch jemand vorbei.“ Sie seufzte tief und ließ sich auf einen Stuhl fallen. „Mann, war das ein Tag.“

Wir anderen sahen uns erstaunt an und senkten dann betreten die Köpfe.

„Äh, tut uns echt Leid“, murmelte Pia, „wir haben total vergessen, dich da draußen abzulösen.“

„Macht nichts“, erklärte Amelie gutmütig. „Als plötzlich so viele Leute gekommen sind, hab ich sowieso nicht mehr ans Aufhören gedacht. Jetzt habe ich allerdings eiskalte Füße.“

Durch die Tür zur Küche kam die junge Frau Oberwaldner herein. Sie hielt zwei Kannen in den Händen. „Ich bringe euch neuen Kakao und frischen Kaffee.“ Sie warf Amelie einen mitleidigen Blick zu. „Na, du Arme brauchst jetzt bestimmt dringend was Warmes zu trinken.“ Sie goss dampfenden Kakao in einen Becher und reichte ihn zu Amelie hinüber, die ihre vor Kälte steifen Finger daran wärmte.

„Irgendwo müsste auch noch der Kuchen stehen“, sagte Gregor, während er weitertippte. „Ich habe jedenfalls einen Riesenhunger. Das Mittagessen ist ja ausgefallen, und inzwischen ist es fast sechs Uhr. Übrigens weiß ich immer noch nicht, wem wir diese edle Gabe eigentlich verdanken ...“

„Verdient habt ihr sie jedenfalls“, erklang eine Stimme vom Eingang her. Ein kleiner schlanker Mann mittleren Alters kam herein. Er hielt eine Kamera in der Hand. „Gestatten – Erwin Wiesener vom Berchtesgadener Tagblatt“, stellte er sich vor. „Ich bin eben schon mal hier gewesen und habe unterschrieben. Jetzt wollte ich von euch wissen, wie ihr eigentlich auf die Idee mit der Unterschriftensammlung gekommen seid. Und wie viele Namen ihr gesammelt habt. Ein Foto muss ich natürlich auch machen. Ich werde nämlich einen Artikel über euch schreiben, wenn ihr nichts dagegen habt."

Gregor warf uns einen kurzen Blick zu. „Klar, gerne", meinte er dann.

Herr Wiesener zückte Kugelschreiber und Notizblock und setzte sich auf einen Stuhl. „Na, dann schießt mal los!"

So erzählten wir die ganze Geschichte noch einmal ausführlich. Von dem schrecklichen Bericht in der „Naturstunde", von unserem Treffen auf dem Heuboden, von unserem Plan mit dem Stand ...

Herr Wiesener machte sich eifrig Notizen.

„Und dann hat der Gemeinderat doch tatsächlich unseren Antrag abgelehnt", erzählte Valentine. „Mein Vater ist zwar der Bürgermeister von Bischofsfelden, aber er konnte da auch nichts machen. Er war natürlich auf unserer Seite", fügte sie mit Nachdruck hinzu.

Herr Wiesener schüttelte den Kopf. „Tja, Sachen gibt's ... Auf jeden Fall wird das eine tolle Schlagzeile: ‚Riesenerfolg bei Unterschriftensammlung gegen Schlachtviehtransporte'. Und in der zweiten Zeile: ‚Bischofsfeldener Gemeinderat blockierte Standrecht, doch Schüler setzten sich durch.' Na, was haltet ihr davon?"

„Die Ratsmitglieder, die für uns gestimmt haben, tun mir schon ein bisschen Leid", meinte Felix zögernd.

„Aber der Rest hat die Blamage redlich verdient“, erklärte Pia angriffslustig.

Felix nickte. „Sie sollten vielleicht erwähnen, dass der Antrag nur knapp gescheitert ist“, fügte er hinzu.

„Wie die Herrschaften wünschen. Ich jedenfalls freue mich sehr, dass ihr so viel Erfolg gehabt habt“, erklärte Herr Wiesener. Dann überflog er noch einmal seine Notizen. „Möchte noch jemand etwas dazu sagen?“

Wir sahen uns an und schüttelten die Köpfe.

„Na gut, dann mache ich jetzt noch die Fotos“, sagte der Reporter.

Wir stellten uns im Halbkreis um Gregor herum, der immer noch am Computer saß und tippte. Herr Wiesener drückte Pia ein dickes Paket mit Unterschriftenlisten in den Arm. Dann zeigte er auf mich. „Halte doch bitte dieses Informationsblatt in die Kamera, auf dem so groß geschrieben steht: ‚Stoppt das Leid der Tiere!‘ Das wird sich auf dem Foto gut machen.“

„Wir haben aber keinen einzigen Zettel mehr“, erklärte Amelie bedauernd.

Herr Wiesener dachte kurz nach und kramte dann in seiner Aktentasche. „Aha, da haben wir’s ja.“ Er holte ein leicht zerknittertes Blatt mit der Aufschrift heraus und drückte es mir in die Hand.

„Moment mal!“, rief Gregor und speicherte schnell die Datei ab. „Unsere Gastgeber müssen doch mit aufs Bild!“ Er rannte in die Küche und kam kurz darauf mit dem jungen Ehepaar Oberwaldner zurück. Ihre Mutter hatten sie in die Mitte genommen.

„So, jetzt bitte mal alle lächeln! Ja, gut so!", rief Herr Wiesener, als wir uns aufgestellt hatten. Die Kamera klickte und surrte. Er schoss mindestens zehn Bilder, bevor er zufrieden war.

„Nun würde ich aber doch gerne wissen, wie viele Unterschriften ihr tatsächlich zusammengekriegt habt", meinte er, nachdem er seine Kamera weggepackt hatte.

„Einen Moment", sagte Gregor. „Ich muss nur noch ganz wenige Namen eingeben."

„Gut. In der Zwischenzeit nennt mir doch bitte die Namen aller Leute, die an der Aktion beteiligt sind", bat Herr Wiesener und zückte wieder Stift und Notizblock. Wir stellten uns um ihn herum und diktierten.

„Fertig!", rief Gregor wenig später. „Ich lasse jetzt schnell den Computer zählen."

Für eine Weile war es ganz still im Raum. Alle starrten Gregor an – bis der überrascht durch die Zähne pfiff. „Mann, das ist ja Wahnsinn! Wartet, das überprüfe ich noch mal ... Ja, es stimmt wirklich. Wir haben sage und schreibe 8 763 Unterschriften gesammelt!"

Jetzt waren wir nicht mehr zu halten. Wir jubelten und fielen uns gegenseitig in die Arme. Es war reiner Zufall, dass Felix genau neben mir stand.

Plötzlich packte er mich und zog mich hinaus auf den Hof. Er umarmte mich fest und gab mir ganz vorsichtig einen Kuss auf die Lippen. Dann lächelte er schüchtern.

Ich war so verwirrt, dass ich erst mal gar nichts sagen konnte. Alles drehte sich um mich, und meine Knie zitterten. So blieben wir aneinander gedrückt stehen, bis ich mich ein bisschen beruhigt hatte. Glücklich lächelte ich Felix an.

Leise sagte er: „Du bist mir schon damals an dem kleinen See direkt aufgefallen. Du sahst so hübsch aus mit deinen blonden Haaren und diesem schönen weißen Lipizzaner neben dir ...“ Er stockte kurz. „Aber es sah nicht so aus, als wärst du irgendwie interessiert an mir, und da habe ich mich nicht getraut, dich anzusprechen.“

„Na ja, ich hab dich schon bemerkt und fand dich sogar sehr nett“, gestand ich. „Aber ich hab gedacht, ich wär dir nicht weiter wichtig. Und als ich dich reiten gesehen habe, hat mich vollends der Mut verlassen. Schließlich bist du viel besser als ich ...“

Trotz der Dunkelheit konnte ich sehen, dass Felix lächelte.

„Na und?“, sagte er. „Das eine hat mit dem anderen doch gar nichts zu tun. Außerdem kenne ich niemand hier, der Pferde mehr liebt als du“, meinte er zärtlich.

Ich drückte meinen Kopf fest an seine Schulter und sah zum Mandlhof hinüber. Zur Feier des Tages hatte irgendwer vor dem Schlösschen einen großen Strahler aufgestellt, der das Bild des heiligen Georg in warmes Licht tauchte.

„Manchmal kommt mir der Mandlhof wie ein Paradies vor“, sagte Felix leise. „Frau Seeberg ist die beste Reitlehrerin, die ich kenne, ihre Pferde sind toll ausgebildet, und die Leute von der Clique sind alle sehr nett!“

„Stimmt, ich habe hier einige gute Freunde gefunden“, bestätigte ich.

„Weißt du“, erzählte Felix weiter, „ich habe ja eigentlich nur auf dem Mandlhof angefangen, weil ich dich näher kennen lernen wollte ...“

Jetzt war ich es, die grinsen musste.

„Aber jetzt würde ich hier sogar weiterreiten, wenn du Knall auf Fall nach Flensburg ziehen würdest“, erklärte er.

„Na toll!“, schimpfte ich mit gespieltem Ernst und pufft e ihn in die Seite. „Ich geh aber nicht weg!“

„Zum Glück“, murmelte Felix und drückte mich an sich. „He, du zitterst ja!“, bemerkte er. „Ist ja auch kein Wunder, wo wir bei Eiseskälte im Pullover draußen rumstehen.“

Mir war wirklich lausig kalt geworden, auch wenn ich noch ewig hier hätte stehen können. Hand in Hand gingen wir in die Waschküche zurück. Als wir die Türe öffneten, warf uns Pia einen prüfenden Blick zu. Sie strahlte übers ganze Gesicht. Und dann bekamen wir endlich unseren verdienten Kuchen.

Es war schon nach acht, als wir den Waldnerhof verließen. Felix hatte mir den Arm um die Schultern gelegt, und wir schlenderten in Richtung des Kleinert-Hofes. Ich wusste zwar, dass ich mich auf Friederike hundertprozentig verlassen konnte, aber am Ende eines solchen Tages wollte ich trotzdem nochmal nach meinem Liebling sehen.

Nori wieherte mir fröhlich zu, als wir durch die Stalltür traten. Schnell ging ich zu seiner Box und öffnete sie. Aus meiner Tasche kramte ich ein Leckerli und hielt es ihm hin.

Felix streichelte sanft über Noris Mähne. „Na, mein Schöner", sagte er und kraulte ihn liebevoll zwischen den Ohren. „Ich glaube, ab heute werden wir beide uns ziemlich oft begegnen."